U0013066

suncolor

suncolor

許我留在你心上

尾巴

suncolor
三采文化

目錄

楔子

在漫長的成長過程之中，我們從學習中得知，凡事都有答案。

數學有公式、英文有文法、國語有標準發音、物理也有正確解答。

所以我們習慣了，所有的事情，都有個正確做法，以及一個正確答案。

可是人生卻會讓我們學到在學校時完全不會經歷、不會了解的事。原來所謂的人生，沒有標準答案，更多時候，我們甚至不會知道答案。

例如，在高一升上高二的暑假前，好不容易和姜哲打掃完因上課吵鬧而被老師罰愛校服務的外掃區時，我正胡亂將抽屜內的東西全部塞到書包裡，朝著在前門吆喝我快點的姜哲喊：「靠北！等我一下會死喔！」

抽屜裡面也太多東西了吧？早知道之前老師說提早整理座位，我就照做了。

「要不是高二要分班換教室，你也不用在這邊整理了。」早就整理好的姜哲在那裡說風涼話。戴著圓框眼鏡的他一副乖寶寶的模樣，但「乖」也只反映在成績上，許多討老師罵的主意都是他出的。

無奈我外型看起來比較油條加上不誠懇，所以老師總認為是我帶壞姜哲。這實在是太冤枉了，完全是個看臉的不公平時代。

「我好了，快走吧！」終於將所有的東西都塞進書包，但因為太多課本和垃圾，導致書包無法完全扣上。不過我也懶得管那麼多，直奔出教室。

「欸，禹旭，你掉了東西！」就在我快衝到教室前門，姜哲卻伸手朝我身後比了比。我回身，見到地上有一封信。

「這啥？」

「什麼？情書？」姜哲湊了過來。我彎腰撿起。

是一個藍色信封，封口處用玫瑰花瓣圖案的紙膠帶黏緊；翻至正面，娟秀的字體寫著我的名字，甚至畫上了雲朵和草地。

「哇靠，快打開看看！」姜哲興奮地催促。

我疑惑地打開。

禹旭：

雖然天天都能見到你，但那一句「謝謝」始終說不出口。

如今要分班了，我才意識到同班的一年來，自己沒和你說過幾句話。

所以我鼓起勇氣，在最後一天，想跟你說聲「謝謝」。

你一定不知道我在說什麼，畢竟是好久好久以前的事情，但我還是想要告訴你。謝謝當時你的幫助，或許對你來說只是微不足道的一件小事，但對我來說卻是救命繩索。為此，我真的很謝謝你。

雖然當時沒告訴你我的名字，但當我發現自己居然和你同班時，我多想跟你說，我是為了你才來到這裡。

可是，我卻失去了勇氣。

一開始，我只是想著，靜靜地當你的同學也好。
但隨著同班這一年來的日月共處，我將你放到了我心上。
又或許是，在相遇的最初，我便喜歡上你了。
如此的暗戀，或許令你覺得噁心，所以我不敢署名。
只是想將這份心意，用最不勇敢的方式告訴你。

01 浪漫的開場

陽光普照，萬里無雲，盛夏的殘暑依舊殘虐，讓汗水成為肌膚和衣服相黏的極佳催化劑。出門才買的礦泉水還沒走到學校便已喝完，將它丟入垃圾桶後，擦掉額頭上的汗水，喊了一聲：「熱！」

「禹旭，在這裡做什麼？」姜哲從巷子另一頭轉出，拿下一邊的耳機，頭髮剪短的他看起來呆了不少。

「在考慮要不要再買一瓶水。」我比了下一旁的販賣機，又拿出口袋裡的五十元硬幣。「但這是我今天所有的財產了。」

「窮鬼！」姜哲大笑，拿出書包中的保溫瓶給我。「還是喝我的？」

「有點噁。」我說。

「我也覺得。」說完，他將保溫瓶收回書包裡。

「講真的，哪個男的會跟你一樣帶保溫瓶，裡面還裝溫水。」就連這樣的大熱天他也依舊如此。

「這是性別歧視喔。」姜哲故意嘟嘴裝可愛，我趕緊要他注意周遭。

在走去學校的路上，我提起等等的分班名單。姜哲倒是對分班一點也不好奇，反倒問我：「那封情書，你知道是誰寫的嗎？」

「當然不知道，又沒有署名。」

姜哲摸著下巴。「就算沒署名，她不是也提供了很多線索？」

「第一，是高一同班的女生。第二，字很漂亮。第三，沒說過什麼話。第四，我曾經幫過她。」說完我聳聳肩，這些完全不算線索啊！

「還有啊⋯⋯」姜哲壓低聲音，神祕地笑著。「她不是說喜歡你嗎？」

「那又怎樣?!」我咕噥。

「怎麼會，有女生偷偷喜歡你又偷看你的，你都沒感覺?!」姜哲怪叫。

我反問：「怎麼可能會知道？不然你說我們每天都在一起，你能知道高一班上哪個女生喜歡我？」

「這還真的不知道。」姜哲兩手一攤。「不過那句什麼每天都在一起的，你別到處跟人講，好像我跟你怎樣的咧！」說完後還打了個哆嗦。

「靠！那是我要擔心的好嗎?!」

我們在一頓垃圾話中來到學校，先在校門口掃描了QR-Code後輸入自己的學號，接著顯示自己高二的班級。

「二年一班。你咧？」姜哲問，我給他看了一模一樣的數字。「哇，我們要在一起到畢業了！」

「現在又是誰在講在一起了？」我白眼。

二年級的教室統一在仙人池後方的晨曦樓，離校門口有一段距離。在走過一年級的教學大樓時，我多看了幾眼。

在這裡上課的一年來，我居然都沒發現有個女生那樣喜歡著我。

經過一段兩旁開滿各色花朵的花圃之廊，便是仙人池。這池塘被賦予了一個美麗的傳說，相傳百年前一對男女在此相約私奔，但最後陰錯陽差，男方去了仙女池等待；女方以為男方拋棄自己，便投河自盡。往後女方在仙人池等，而男方在仙女池等，只有月圓之日，兩人才能相逢。

先不說這根本是鬼故事，光是池塘能淹死人就十分不科學；無論是仙人池還是仙女池，水位幾乎只到腰部。加上傳說為百年以前，但這人造池塘是學校建校時才造的，去年校慶可是二十週年，提供這故事的人還真的該打屁股，一點都不浪漫，反而成了笑話。題外話，仙女池就在三年級的教學大樓——日月樓——旁邊，而且站在兩池邊就能瞧見兩池的位置。

「所以說這個故事真的是太扯了！」

我一愣，以為自己的心聲吐露還變成了女生。回過頭去，卻見到了一個熟悉的面孔，說出了我剛才準備要吐槽的話。

「渝祈，妳一點都不浪漫。」一旁的女生皺眉。

范渝祈聳聳肩，轉過頭見到我們兩人，先是一愣，隨即說：「不然你們覺得池塘的傳說很浪漫嗎？」

「我沒啥感覺啦，不過范渝祈，女生不是都喜歡這種浪漫東西嗎？」姜哲回應。

「浪漫也要浪漫得有道理呀！」范渝祈不能苟同。「禹旭覺得呢？」

「妳剛才完全就講出我心聲啊。」

聽到我不能贊同更多的話語，范渝祈滿意地點頭。

「不過也是啦，范渝祈看起來就完全不喜歡浪漫事物，很符合她的外型。」姜哲補一槍。

「哼，我也沒想要你們這些臭男生狗嘴吐出象牙。」范渝祈哼了聲，拉著那我們沒見過的女生往前方走。

「范渝祈，妳幾班？」

在范渝祈掠過身邊時，我喊住她。身材高䠷的她幾乎和我差不多高，俏麗的短髮和立體的五官，硬要說她是花美男也不為過，總之是個帥到男生都會自慚形穢的女孩。

雖然高一同班時彼此沒有太多深聊的機會，倒是有過一起打過好幾場籃球後再去吃冰的回憶。范渝祈是個話多的女孩，和大家都很有話聊，也很懂運動。不過我雖然喜歡籃球，但也僅止於打球，對運動明星和一些專業技巧並不清楚，某種程度而言和范渝祈聊不太起來。

「我五班。」她的手在臉頰邊比了個五。我才發現她的臉幾乎比手掌還要小。「你們呢？」

「我們都一班。」我回。

「真好。」她笑了下。「能和好朋友同班。」說完便轉身，和那女生往前方走去。

「可惜少了一個女生在表決時會站在男生這邊的人了。」姜哲一手搭上我的肩膀。

「不知道有多少以前的同學跟我們同班。」

「應該不多吧。」光是我們兩個能同班，就是奇蹟了。

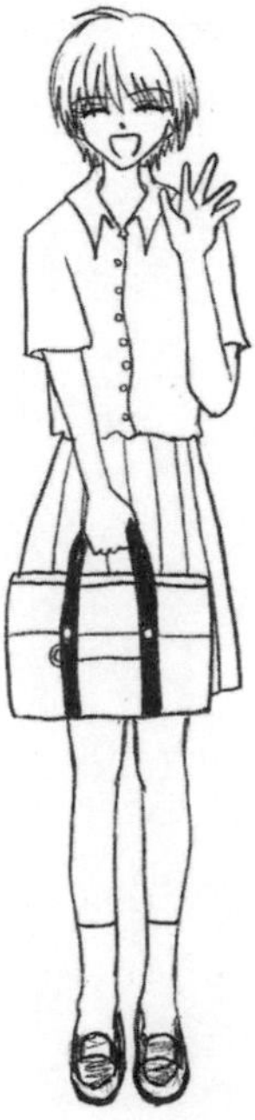

02 意外驚喜

「松樹高中」名字聽起來很老成，彷彿擁有近百年的歷史，但其實就如同之前所說的，創校時間不長，只有二十年。

除了仙女池、仙人池這漏洞百出的傳說以外，便是四季都有不同的代表花草樹木盛開，也吸引了許多人氣。

除此之外，便是松樹高中學生人數並不少，加上學校似乎會故意打亂高一同班的學生，所以通常分班以後，幾乎不會和高一同學再次相逢，也藉此去認識更多人。

果不其然，來到二年一班，除了我們兩個以外，全部都是以前別班的學生。不過我和姜哲一直以來都和其他班級的男生打球，加上高一時的學校活動也不少，雖然沒有以前同班的同學，但認識的人也不算少。

「禹旭，沒想到這一次同班啦！還有姜哲，看來我們高二籃球可以拿前幾名了！」來搭話的是籃球隊的成員，身體結實、身高也高，標準的運動員模樣，是已經被內定為下一任隊長的施禾。

「施禾，能和你同班運氣真好啊！」姜哲用力拍了拍對方的肩膀，我也湊上去補了一掌。

「看來今年有望啦！」去年就敗在他們班的籃球隊成員更多。

「不過你們兩個同班運氣也太好。」施禾開始抱怨自己高一的死黨都分得很遠，順便找了就近的位子坐下。

很快，班導來到班上，例行地交代一些事項後，選出股長並發了課表和課本，接著馬上來場考試，說是要測測大家過了一個暑假還記得多少內容。

我的成績雖不是頂尖，但記性還算不錯，理解能力也挺強，所以在學業上面還算應付得不錯，對於這樣突如其來的考試並不會驚慌。

但姜哲可就慘了，看他寫得幾乎揮汗如雨的背影，我不由得偷笑了幾聲。

與此同時，窗外吹入一陣涼爽的微風，我往走廊外頭看去，正巧與一雙眼睛對上。

對方一愣，先是別開臉，然後又看了我一眼，最後露出一個不知道該說是尷尬還是勉強的微笑，然後低下頭，繼續往前方走去。

「石乙彤！」班導忽然喊住外頭的女孩。

石乙彤嚇了一跳，在我們的注視下，有些緊張地走到前門，不敢進來。

「老師好。」她的聲音輕柔，烏黑的長髮綁成兩條辮子躺在胸前，看起來像是動漫裡才有的髮型，但搭配她精緻溫柔的五官卻特別相襯。

高一同班時，石乙彤就是一個和我處在不同圈子的同學。我記得她當了兩次學藝股長，還把教室布置得美輪美奐，得到第一名；同時也是眾多男生的夢中情人，但似乎總獨來獨往，沒特別黏在一起的朋友。

「下一節是你們班的課，回去提醒一下，第一堂我就會考試。」班導毫不留情面，但好歹也是有事先提醒。

石乙彤點點頭後，又瞥了我一眼才離開。

「為什麼她一直看你？」下課鐘響，姜哲好奇地問。

「可能是因為我們以前同班。」

「我以前也和她同班啊！而且我離她更近，她剛才怎麼不看我？」姜哲怪叫。

施禾也湊了過來。「怎麼？你們對石乙彤有興趣？」

「不是。」我皺眉。「你也認識她？」

「當然，她在男生圈很受歡迎啊，你不知道你們班以前專出美女，大家多羨慕啊！」施禾讚嘆。

「可能我們以前都在同一班，沒特別感覺。」姜哲聳聳肩，裝得瀟灑，但我們心照不宣，這傢伙以前似乎喜歡過石乙彤一陣子，不過現在還是當作祕密好了。

只是想起他喜歡過石乙彤，就想起高一開學時，石乙彤造成班上轟動的場面。記得當時還有人時常偷拍她的照片，不過最後被我和姜哲制止，但細節也已經記不清了。

即便男生們都把她當夢中情人，石乙彤也沒和任何人交往或曖昧過，就如同前面提過的，她連要好的女生朋友都沒有，幾乎是獨來獨往。

也許正因如此，大家對石乙彤這樣神祕的女孩評價頗高。

印象中，我基本上沒和她說話過，對她也不太了解。

「石乙彤分到哪班？」我順勢問。

「十二班。」姜哲秒答，隨即皺眉。「你問這要做什麼？」
「你秒答更是令我驚訝。」我故意回話，姜哲被我堵得支支吾吾。
短暫的調侃結束後，大家討論起剛才的臨時測驗。我意外也不意外地拿到了全班最高分，讓班導指派我當他的貼身小秘書。
原本想說頂多幫忙拿拿教材罷了，沒想到第一個工作很快就來。隔壁班的同學到我們教室喊我。「禹旭，我剛才遇見你們班導，他說要你到十二班的黑板寫剛才你們的考試題目。」
「這樣是我下一堂課可以遲到的意思？」我怪叫。
「他就說叫你去寫，我阿知？」同學聳聳肩，離開了窗戶邊。
姜哲拍拍我的肩膀，跟我說句辛苦了。施禾則笑說這是濫用職權。
「要不要我陪你去？」姜哲義氣相挺。
但我心眼清明。「因為石乙彤嗎？」說完的瞬間，他略微臉紅，讓施禾瞧見，開始大聲嚷嚷著姜哲喜歡石乙彤。
「不要鬧了！那是很久的事情，我只是覺得她很漂亮而已。」害羞使得姜哲說出此地無銀三百兩的宣言。

我在一片混亂之中拿出方才放在抽屜的測驗紙，往十二班的方向走去。

晨曦樓全為二年級的導師、科任老師、科任教室等專用，雖說樓層不高，但是占地也不小，十二班的位置更是要走過兩個樓梯後才會到達。

所以等我來到十二班的時候，距離上課時間只剩下兩分鐘，我站在教室前門想找人表明來意，卻發現這班級認識的人不多。沒辦法，只好喊了坐在角落位置的石乙彤。

男生的聲音配上石乙彤的名字，瞬間讓教室裡的人都看了過來。石乙彤有些驚慌地抬頭，我硬著頭皮又喊了一次。「石乙彤。」招手要她過來。

她慢吞吞地起身，很是猶豫。班上的人發出一陣小小的驚呼，石乙彤紅起了臉，帶著滿滿疑惑。「怎、怎麼了？」

「我們班導要我過來寫考試題目。」我照實說。

她漂亮的眼睛眨了下，睫毛纖長垂下，神情看起來有點……失落。

「那……你可以直接上去寫……」她輕聲說。十二班的同學似乎都在偷聽。

「我想說要知會一下比較有禮貌，你們班的班長我也不知道是誰……」

「我就是班長。」她輕聲說。

「從學藝升職到班長啦？」我很自然地脫口而出。這句話好像戳到了石乙彤的笑點，她笑了聲，但很快又咳兩聲掩飾，並轉過去和同學說：「同學們，張老師等等要進行測驗，這位是被指派來寫題目的。」

「蛤～～」全班發出哀號。

我進入教室裡頭，拿起粉筆在黑板上寫下題目。

「啊，他是以前一班的禹旭耶……」

「就是那個很帥的……」

隱約聽到了十二班的同學低聲討論自己，還是偏好的方面，讓我有些得意。

原來我還算有名啊？

題目寫到一半的時候，上課鐘聲響起，班導也來到十二班，說後續的他接著寫，要我先回自己教室。

我轉過頭準備下講台時，再次和喊起立的石乙彤對上眼。畢竟是以前的同班同學，我下意識地對她點點頭當作招呼。

她先是一愣，隨即嘴角揚起一抹弧度，也朝我頷首。
感覺還真是奇妙。

03 神祕引力

高二的開學第一天並不像高一還有什麼緩衝，一開始就考試一堆，美其名都是讓大家收心，同時開始準備高三的大考。

我對這些考試不是太緊張，就如同我說的，我的成績還不差，加上家中對我的未來沒太多要求，只要我能養活自己便成，所以對比眾多同齡學生，我算是挺自由的。

今天放學後，姜哲必須去參觀補習班，而我家中沒人在，我打算隨意晃晃並簡單吃完晚餐再回家。

於是我來到學校附近的漫畫店。這是唯一一家還苦撐著的實體租書店，老闆是個有些年紀的爺爺，一直以來都很支持創作者，櫃檯的標語甚至還寫著：「觀看正版與購買是對創作者最實質的支持」。

同時，櫃檯旁邊也有一個小櫃子，裡頭放著許多未正式發售的創作，有看起來是小學生畫的漫畫，或是一些簡單的插圖。其中有些像是自印的小說，我稍微翻了幾頁，只見櫃子上的牌子寫著：「**此為未來大紅大紫的創作者起步區，請給予年輕創作者一點支持吧！**」

我摸了一下口袋，只有一百元，等等還要吃飯，下次再來支持吧。

就在我租了幾本漫畫，走出漫畫店時，迎面與一個匆忙奔跑在人行道的女生相撞。對方跌得誇張，屁股著地，連帶地眼鏡和書包裡的書都散了一地。

「對不起！」我趕緊道歉，蹲下來幫她收拾東西。

「我也不該在人行道跑步，對不……啊……禹旭？」

對方準確地叫出我的名字，我這時才注意到穿著相同制服的女孩。「何映真？妳怎麼在這邊？」

她撿起眼鏡戴上，單眼皮使得她的眼睛看起來略小，卻不失靈氣，白皙的臉龐有著紅彤彤的天然腮紅，宛如埃及豔后的黑色短髮與膚色成為強烈對比。

「我在旁邊補習。該問的是你怎麼在這裡吧？」何映真跟著一起收拾書本，我瞧了眼一旁的補習班，又比了一下我身後的漫畫店。

「我來看漫畫。」

她翻了個白眼。「所以才說你怎麼會在這裡？」

「就看漫畫啊！倒是才一開學，大家就急著補習，把自己逼太死了吧？」我將手上的書交給何映真，她便收到書包之中。

「這叫做不輸在起跑點……但其實現在才開始認真念書也晚了。」她淡淡地看著我。「不過你的成績一直都不錯。」

「妳才學霸吧。」

我和何映真是高一同班，她和石乙彤雖然都是好學生類型，但何映真屬於冷面笑匠，看起來不太好親近，不過總是會說出一些令人傻眼的認真話，因此在女生圈還滿受歡迎的，朋友不少；下課時間雖然總是會看見她坐在位子上看書，但很快便會被女同學拉去聊天。

「我只是很努力。」她輕聲說，接過了我手上的提袋。「我要遲到了。」

「喔，好，掰掰。」我讓開一條路。

她頓了下，又看著我問：「你哪一班的？」

「一班。」

對於她的問題，我有點訝異。以往我和何映真並沒有太多的交集，雖是說過幾次話，但沒想到她會想問我分到哪班。

「妳呢？」於是基於禮貌，我也反問。

「我在十五班。」她呶了呶嘴。「我以為你是十二班。」

「為什麼？」

「因為我今天看見你在十二班講台寫東西。」何映真看了一下自己的手錶。「我要遲到了。」她說了第二次。

「喔，好，掰掰。」我也說了第二次。

她多看了我幾眼，才往前方的補習班走去。

我看著補習班門口站了許多同校的學生，又看了一下手錶。現在不過六點，才下課沒多久，又要補習到天荒地老，頓時覺得自己好像挺幸福的。

所以我轉身回到漫畫店，隨意拿了小櫃子上的一本漫畫，決定要把這幸福分給一個不知名的創作者，同時想像著對方如果知道自己的書被買走了，會有多開心。

「很有眼光喔，這一本絕無僅有，只有一本，傻瓜才會把原稿直接拿出來賣呢！」老闆在我結帳的時候大力稱讚，還說了這本漫畫放了很久。

我看了一下，畫本是一所女子國中的數學作業簿，裡頭全是用鉛筆手繪的格子，就連網點也是一筆一畫，完全手工，然而畫技精湛，幾乎可以直接拿去印刷。

「這是國中生畫的？」我驚訝。

「是啊，劇情也很棒。但是對方很久沒來了，只希望她沒有放棄創作漫畫這個夢想。」老闆感慨地說。

我再塞喧幾句，便帶著漫畫離開了。

回到無人的家，我開了燈，頓時燈火通明。我先是把水加熱，然後從櫃子拿出儲備的泡麵打算當成晚餐。等待的同時，我翻起了那本手工漫畫。

我翻開第一頁，上面並未留下作者名字，於是我專心看起故事。這是一個虛擬世界，人們被外星生物統治卻安逸地活在被奴役的世界，雖然有人想要反抗，但人類總認為別挑起事端，現在的生活也還行。直到女主角出現了，帶領人們革命；可最終，人類卻先背叛了女主角，決定服從外星生物賜予的豐衣足食社會。

「你們只是失去一點點的自由罷了，換得安居樂業，應該很划算才是。」

外星生物這麼說，所有的人類都同意了。

最後女主角的心死去了，也順應了這樣的生活方式。

可怕的永遠不是體制，而是服從的人們。

我一口氣看完漫畫，覺得震驚無比。原本光是畫技就夠教人驚豔，無論是線條的勾勒或是網點的使用，還有整體分鏡、構圖都超乎一個國中生該有的水準外，沒想到就連故事都如此沈重與現實。

我找尋每個角落，想知道作者的名字。然而唯一的線索就是這篇精采的故事是畫在學校的作業簿上。

聖采女中。

這是一所評價極高的女中，制服還是仿照日本高中的水手服樣式，加上升學率也不錯，原以為這樣名列前茅的學校只會有死讀書的學生，沒想到還有這樣的繪畫天才。

我總覺得學校名字有點熟悉，一時間卻想不起來這間離我家有點距離的女中到底有些什麼線索……

我起身，才想起熱水壺的開關都不知跳起來多久了，只好再重煮一次。

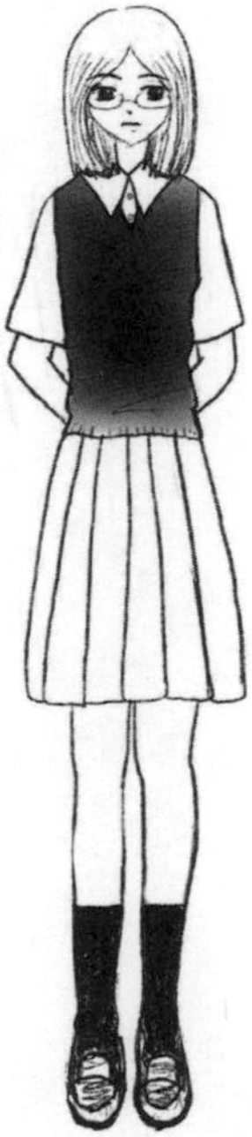

04 悄然的領悟

「欸，禹旭，走啊！打球啦！」施禾拿著籃球，一如往常在下課時來到我座位旁。

「你社團打、課後練習打，連下課也打，不會膩？」

「怎麼會累，我喜歡籃球啊！」施禾說得像個十足籃球痴。

「我倒是有點膩了。」姜哲拿著扇子揮著，瞪了一眼冷氣位置。「我們冷氣什麼時候修好啊？」

「下午就會修好了，所以為了自然散熱，我們就去打個球吧！」施禾的熱情像是炙熱的天氣一樣，站在他身邊就覺得熱。

「我就說 Pa——」舉起手要再次拒絕，但施禾直接拉起我，連帶地姜哲也被拉著往籃球場跑。

「你們男生很臭欸！」經過班上的女生身邊時，她們嫌棄地對我們喊。

「帥哥連汗都是香的好嗎？」姜哲不害臊地回應，女生們一陣作嘔，但是表情看起來挺開心的。

「我們只有三個人要打什麼？」前往籃球場的路上，我如此問。

「到現場看有誰就把誰一起拉下來打囉，別擔心。」施禾非常隨意。

我們來到大禮堂後面的戶外籃球場，有屋簷的場地已經被占據，所以我們只能使用有著毒辣太陽陪伴的露天球場，那裡有著零星幾個學生。

這時，我發現了一個熟悉的身影。

「啊，范渝祈！」施禾率先喊出她的名字。

穿著運動褲的范渝祈轉過頭，臉上有著些微汗水。

「你們過來打籃球？」范渝祈用手擦去臉上的汗水，抬頭看了一下烈日。「有沒有搞錯，太陽這麼大耶？」

「我覺得妳沒資格說我們。」

眼前這個留著短髮，皮膚雖然細緻，乍看之下會以為是個較為陰柔的男生，但其實是個高䠷的女孩。

她一邊嫌棄太陽大，卻也沒想要遮陽的意思。

「哈，我只是想活動一下，不然坐久了很累。」她大笑兩聲，雙手叉腰。「你們三個人而已？」

「對，二對二好嗎？」施禾拍著籃球，推了推我。「禹旭，你和范渝祈一組。」范渝祈的籃球挺強的，靈活度也夠，和她一組對我挺有利。於是我問道：「既然都要在大熱天打籃球了，要不要賭點什麼，這樣才有動力呀！」

「哇，嗜賭之徒！」姜哲吐槽，但也躍躍欲試。

「就賭個麥當勞吧。」施禾很快地下了決定。

「等一下，不用問我的意見嗎？」范渝祈笑著舉手。

「那有意見嗎？」我反問。

「當然沒有，準備吃麥當勞吧！」

她還真是有魄力。

於是二對二的比賽開始。規則很簡單，能在鐘響前進最多球的就贏了。

這麼久沒和范渝祈打球，一開始還有點擔心彼此默契不夠，但很快地，我發現自己和范渝祈似乎心有靈犀，她總是能忽然出現在我希望她出現的位置。我們兩個配合完美，到最後幾乎不用回頭，我可以篤定她一定會站在預期的位置，做出完美的假動作，只要將球傳給她，她便會立即投籃，長射三分。

加上她的動作靈活，雖然身高高，但體型來說相對輕巧一些，所以能夠十分俐落地閃過施禾他們的防守，這讓施禾非常苦惱。最後，范渝祈一個轉身，再次投籃。

「可以了可以了，我們差距已經拉太開了！」姜哲一屁股坐下投降，這時，鐘聲也正好響起。

「十比三，我們贏了！」范渝祈開心地跳著，伸出手與我擊掌。我也用力一拍，清脆的聲響炸開，像是煙火一樣。

霎時，我的心沒來由地一緊。明明只是普通的擊掌，為什麼會有這樣的感覺？

大概是因為，那接觸的瞬間，范渝祈的手掌比我想像中的還要柔軟吧……

「那麥當勞什麼時候請啊？」我立刻討要。姜哲聳聳肩表示都可，施禾還在懊惱輸了比賽。

「我今天有事情，明天放學好嗎？」范渝祈提議，大家沒有異議，便這麼定了。

雖然范渝祈在五班，教室卻不在我們這一邊，因此我們在一樓時便分道揚鑣。這一堂是美術課，我們三個不疾不徐地慢慢朝教室走去。

「欸，你幹麼一直這樣？輸了有這麼難過？」從剛才開始，施禾一直垂頭喪氣，悶悶不樂，也不說話。

「沒啦，我只是覺得有點不公平。」施禾彆扭地說。

「不公平？你是校隊的跟我們才不公平咧。」我打趣地說。

但姜哲立刻點頭附和施禾。我問：「為何？怎麼是你們說不公平？」

他們齊聲。「范渝祈是女生啊！」

「她是女生這件事情不是早就知道了嗎？」我不懂。

「你跟她同組不懂啦，當她過來搶球或是攔截我們的時候，會不小心碰到她身體，所以……」施禾嘆口氣。

「就是會碰到她胸部還有柔軟的身體啦！」姜哲用了直白的方式解釋。

「以前打球的時候沒發現嗎？」我再次驚訝。高一時明明就和她打了好幾次球，怎麼當時沒有這種狀況，現在忽然在意起來了？

「以前大多都和范渝祈同隊對打高二學長，就算偶爾和她不同隊，當時人比較多，也不一定會守到她，也沒有在意那麼多……啊今天就很多次碰到她，忽然發現她果然是個女生……」姜哲說得很委屈。

「所以下意識地不敢太粗魯，也不敢碰到她。」施禾抓抓頭髮。「可惡，不然我們不會輸這麼慘！」

「那還是會輸啊！」我大笑地拍了他們兩個肩膀，覺得這只是一個藉口罷了。

但不免還是想到，與范渝祈擊掌的時候，她那柔軟的手。

的確，是個女生。

05 甜蜜的失誤

「請找禹旭。」

輕柔的女聲與來者，讓班上掀起了一陣騷動，男生發出詭異的叫聲並朝我看來。原來是石乙彤來了。

她似乎被班上的男生們過於激動的反應嚇到，有些不知所措。姜哲則緊張地拉著我。

「她來找你做什麼？」

「我哪知道啦！」我掙脫了姜哲的拉扯，要班上的人閉嘴，朝縮在前門後的石乙彤走去。

「怎麼了嗎？」我問，想用身體遮住班上無聊同學們的眼神調侃，以防石乙彤太過害怕。

「那個……」石乙彤似乎有點介意後面的同學眼神，比我矮上一顆頭的她抬起頭。從這角度看來，她真是嬌小。

「嗯？」

「張老師說你是他的小秘書，要請你來我們班寫他這禮拜的考試題目。」

我瞪大眼睛。「現在？」

「嗯，現在。」她看了下纖細手腕上的錶。「老師說怕我們班的人先翻課本，所以要我上課前五分鐘再來跟你講。」

「上禮拜的考卷？我都不知道丟到哪兒去了！」而且我是不用上課嗎？

「老師說他知道你會這樣，所以印好了考卷。」忽然，她抽出試題卷給我。

這下換我傻眼。「那這樣的話，妳去寫不就好了嗎？」

「我寫的話，同學會說不公平，因為我先看到題目了，才需要由別班的你來寫。」石乙彤的聲音雖小，卻很清晰，一字一句說得清楚。

「不過妳這樣拿過來，不也就看到題目了嗎？」我興起了想與她開玩笑的念頭。

沒想到石乙彤卻瞪大眼睛，慌張地揮著雙手並搖頭，急著說：「沒有！我發誓，我絕對沒有偷看考卷內容！是真的，你看試卷，我還對摺起來了，走過來的路上我也都看著前面，連紙張都不敢看！是真的！」

我本就是逗逗她，沒想到她的反應這麼大，和平時文靜沉穩的模樣完全不一樣。不只我嚇一跳，班上的同學們也好奇地看過來，還以為我欺負了她。

「對、對不起啦，我開玩笑而已！」我趕緊澄清。

石乙彤明白剛才只是個玩笑，自己卻認真到慌張，一時間紅起了臉，轉身就逃。

「啊！石乙彤！」跑什麼啊！我還要到你們班上寫題目耶！

於是我拔腿就要追上去，同學們見到這一幕更是鼓譟，腦袋探出窗戶或是門，叫囂著：「追啦追啦！追愛囉！」

這樣喧騰的吵鬧聲當然也引來了眾多注意，尤其前方又是校園美女石乙彤。大家好奇的視線刺痛了我，但要是她這樣跑回十二班而我又追上了，那才更教人說閒話吧。

「石乙彤！不要跑，等我一下啦！」

我趕緊大喊。必須在回教室前解決這件事情呀！

她總算停下腳步，但是沒有轉過身。只見她嬌小的肩膀顫抖著，雙手捂住了臉，我喘著氣上前，來到她的面前，才發現她的雙頰紅得誇張。

沒料到她會臉紅成這樣，這出乎意料的反應讓我頓時心一緊，感覺自己也不好意思起來。

「那個……對不起，我只是開玩笑，沒想到妳會這麼認真。」我雙手合十。「我以後不會了。」

「不是，是我自己太認真。我總是這樣。」她趕緊說，雙眼甚至還起了薄霧。「我只是覺得很丟臉而已，對不起。」

「妳幹麼道歉啦……」雖然我也覺得石乙彤太誇張，不過每個人對玩笑的接受程度本來就不同，加上自己明明和對方不算熟悉還這樣取笑，我需要反省。

於是我看了一下旁邊的販賣機。「我請妳喝飲料當賠罪吧！」

「咦？不……」她驚慌地想拒絕，但我已經走向販賣機。

「沒關係，一定要請妳，這是我的錯啦。」

「那……可樂。」

沒想到她會選可樂，我以為會是無糖綠茶之類。

「沒問題！我也喜歡可樂。」一邊說，我的手一邊掏向口袋，這才發現自己居然沒帶零錢，這下糗了。「呃……那個，我忘記帶零錢了。」

「噗。」她忽然笑了出來，而且是爆笑出聲。「啊，抱歉。」

「不不不，我要請客還沒錢才尷尬。」我原本要說下一節下課再拿可樂到班上給她，但是石乙彤卻接著提議。「不然今天放學，請我喝麥當勞的可樂，可以嗎？」

想了想，拿著飲料到班上請她，也會引來不必要的誤會，這樣似乎也不太好。

「好啊，那放學的時候校門見？」

「嗯！」她開心地點頭。「快回教室，只剩下兩分鐘就要上課了。」

「啊，糟糕！」我驚呼，立刻跟著她去十二班教室寫題目。

我只想到拿飲料到十二班不妥，卻沒料到放學一起去麥當勞更引人遐想，這一點是我的失誤。

◆ ◆ ◆

首先，在放學時和石乙彤約在校門口是第一項失誤。

大家都看著石乙彤站在校門口等我，而姜哲更是張大嘴，驚訝於為何我們有約。

我再次解釋了早上的事件，姜哲扼腕地說要不是他今天有補習也會跟著去等等話語，之後在交叉路口氣憤地先離開。吵鬧的姜哲離去後，我們兩個頓時沉默了下來。

「看不出來妳喜歡可樂。」為了打破僵局，我先開口。

「原本沒有什麼特別感覺，但自從國中時一個朋友請我喝過之後……」石乙彤輕聲說著。

「原來妳也有朋友呀！」白目的我又說錯話，對上她不解的眼神，我趕緊補充。

「因為妳高一也獨來獨往，所以……」

「可能我不太會交朋友吧……」她先是一笑，然後露出傷感的眼神。

好不容易有點話聊，我趕緊順著話題下去。「我還以為妳喜歡一個人呢。」

「沒有喜歡或不喜歡，只是有時候身邊的人對自己會有種期待，要是不符合她們的期待，就覺得自己好像不是自己了。」

「妳的意思是……」見她說得有點黯淡，我忍不住問出口。

她明明聽見了，卻只是垂下視線，似乎不想回答。

「難道妳以前被欺負過嗎？」我說了最有可能的答案。

石乙彤抬起頭盯著我許久，久到我有點不自在。

「怎麼了嗎？」我摸了摸自己的臉，搞笑地說：「難道我臉上沾到東西？」

「麥當勞的可樂。」她認真地說。

我卻摸不著頭緒。

「還沒進去麥當勞呀，怎麼可能沾到可樂？」我失笑。

她眼底似乎露出了一點點失落，卻隨即輕輕勾起嘴角的微笑。「是呀。」

石乙彤一直有一種神祕感，有時又有出乎意料的過大反應，讓我生出一種想多了解她的衝動。

來到了距離學校最近的麥當勞，裡頭塞滿了我們學校的學生，還有一些他校的國高中生。

「咦？」要進去麥當勞之前，石乙彤忽然停下腳步，盯著裡頭的人。

「怎麼了？」我推開門。

她卻忽然用書包遮住臉。「我、我有事情，我先走了……」

「欸？為什麼？」我錯愕不已。

「對不起，還是我們去別家？」她說的話前後不接，我看了一下店裡，難道是什麼前男友的在裡面嗎？

如果真是這樣，那還是避免尷尬的好。所以我也轉身，跟在健步如飛的石乙彤身後，來到巷子裡的便利商店。

石乙彤似乎仍然驚魂未定地看著周遭，害我也有點緊張。

「妳在躲誰嗎？」我直接問。

「啊，不是。」她似乎被我發現而驚訝。「我很明顯嗎？」

「超級明顯的啊！」原來，她真有想要隱瞞的事？「有這麼害怕的話，莫非是妳的前男友？」

「不是！」她忽然大聲否認，這下不只是我，連便利商店裡的人也都嚇到。

「對不起，我又……」她懊惱地敲著頭。

我大概可以理解她是怎樣的人了，容易認真又容易懊惱跟害羞。

「沒關係啦，但不是前男友的話，妳為什麼要這麼害怕？」我來到冰櫃，拿了兩罐可樂。

「我看到以前國中的學姊，不是很想碰面。」她呶呶嘴。

「國中過得不愉快？」結帳以後，我們坐到座位區。

「不是，國中很開心，大夥兒很常去漫畫店或是ＫＴＶ，但……」她撇了撇嘴。

我沒想到她的表情這麼多，看似獨來獨往的她以前還會和朋友去唱歌，畢竟她的外型看起來像是只去圖書館看書而已。

「妳和她們一起玩的時候開心嗎？」

我說完之後，石乙彤卻張大眼睛，一瞬不瞬地盯著我。被她這樣毫無遮掩地看著，讓我有些緊張。

「怎麼了？」我又摸了摸自己的臉。

「你還記得這句話？」

「什麼話？」

她扯扯嘴角。「沒什麼。」接著扭開瓶蓋，喝了好大一口可樂。

「不過如果下次妳遇到不想遇見的人，可以直接跟我說沒關係，要不然剛才動作那麼大，說不定早就被發現了。」我提醒。

石乙彤的雙頰好像稍稍泛紅。「嗯，下次我會說。」

見到她的反應，我才意識到，自己似乎和她預約了下一次見面——

06 措手不及的流言

我又來到漫畫店，想跟老闆分享那天買的漫畫物超所值，希望可以和那位作者連絡上，或是至少讓我留個感想，讓老闆轉達。

「我也很想呀，不過就跟我之前說的一樣，她很久沒有來囉。」漫畫店老闆很惋惜，說他也很喜歡那故事和構想，雖然青澀也有不少矛盾處，還有邏輯問題，可是故事的張力和畫工確實了得。

「真可惜啊，而且她還是原稿直接拿來賣，很珍貴呢，她都不想保留嗎？」我頓了一下。「對了，她用的是聖采女中的作業本，所以她是聖采的學生？」

「對，看她那樣，還以為是愛情漫畫，沒想到卻像是科幻電影……」漫畫店老闆在抽屜找了老半天，拿出了一個本子。「我當時是有記錄她的名字和電話，賣掉了才能給她錢呀，但是她換了手機，號碼已經是空號了。」

「那名字呢？」我問

「我居然只寫了『妹妹』。」老闆一臉不好意思。

「真是可惜，要是她還有別的作品，我會想要繼續買。」

「要是有機會能再遇到她，我一定會跟她講的。」老闆笑得開心。

於是我又借了幾本漫畫，離開了漫畫店。

走著走著便來到附近的公園，我買了幾塊雞蛋糕，坐在其中一張長椅邊吃邊看漫畫打發時間，打算看完便直接拿去還。

當我看到第二本快結束時，注意到周遭變得吵雜，一抬頭才發現原來是對面補習班的中場下課時間。

「你在這兒做什麼？」一個聲音忽然從我後面響起，嚇得我噎到，猛然咳起來，鼻腔塞滿了雞蛋糕有夠痛苦。

何映真見狀，立刻到一旁的販賣機買了飲料給我。我趕緊大口喝下，卻又因為氣體猛地灌入而噴了出來。

「妳怎麼會買可樂?!」我大叫，但也多虧如此，我狼狽地把雞蛋糕和可樂都趕出了我的鼻腔。

何映真拿出衛生紙給我，我接過後清理了臉上，趕緊看了下漫畫，好在沒弄髒。

「你好好笑。」何映真雖是這麼說，卻沒什麼表情。

倒也不是說她沒有喜怒哀樂，只是不太會表現在臉上，用漫畫用語來比喻的話，就是面癱。

「妳想害死我嗎？」我白了她一眼。

她注意到我手裡的漫畫。

「你很喜歡看漫畫？」

「還行。」

「就算成績很好，你也沒有想要更努力地念書嗎？」她又問。

「人生快樂就好，我覺得我成績保持一定水準，然後其他時間做開心的事情不是更好？」我將一本漫畫遞給她。「妳現在是休息時間吧？要不要也看一下？」

她遲疑著。

「還是妳不喜歡漫畫？」

「那是浪費時間與生命的東西。」她正色說。「當漫畫家會餓死。」

我皺眉。「這樣說太不公平了吧，漫畫是呈現現實沒有的東西給讀者看啊。」

「例如呢？」何映真咄咄逼人。

「例如……」忽然要我舉例也舉例不出來。「夢想啊、熱血啊！」結果講了個最王道的劇情。

她嗤之以鼻。「那能當飯吃嗎？」

「妳可以不認同，但不需要瞧不起。」不看就別看。

我收回漫畫準備離去，但何映真卻一屁股坐在我身邊。

「你不是喜歡喝可樂嗎？」

「啊？」沒頭沒腦地說什麼？

「你知道剛才補習班都在講什麼嗎？」

「我怎麼會知道？我又沒在那邊補習。」我拿起可樂繼續喝。

「他們說，禹旭和石乙彤放學後在便利商店約會喝可樂。」

我差點又被嗆到。我和石乙彤喝可樂是不久的事情而已，這麼快大家就知道了？

「為什麼會……」

「有人經過看到，拍照傳給大家，現在應該松中的每個人都有了。」何映真將手機螢幕轉向我，讓我看見上頭的照片。

看起來是從超商的玻璃外面偷拍，照片上清楚見到玻璃的反光，也能看見我與石乙彤相談甚歡的表情。

「這……看起來好像在約會一樣。」我還有空吐槽自己。

「不是嗎？」何映真看著前方。

「真糟糕，石乙彤這麼多粉絲，我會不會明天到學校發現鞋櫃裡面被潑水或是鞋子有圖釘？」不知道為什麼，我想起了這樣的劇情。

「那是漫畫才有的事情，況且這裡是台灣也不是日本，沒有鞋櫃。」何映真冷聲。

「我以為妳不看漫畫。」

我並沒有特別的意思，但何映真看起來好像不高興。雖然仍是面無表情啦，只是眉頭些微皺起。不過如此輕微的變化，不知為何讓我認為她在不高興。

「我看起來像是不看漫畫的人嗎？」

「喔，對啊。」

「為什麼？」何映真看著我，眉頭皺起。「我和漫畫，已經離得這麼遠嗎？」

「妳的意思是說，你們曾經很接近？」我依照她的邏輯推敲。

眼鏡後頭的雙眼閃爍了下，她轉移了話題。「所以你們不是在約會？」

如果對方已經轉移，那就不要追問，這是我小小的體貼。

「沒有，那算是賠罪的可樂。」所以我如此回應。

「這樣啊……」

何映真緊繃的臉色鬆懈下來，露出淺笑。

這讓我一愣。雖然只是小小的彎曲，她微笑的弧度意外地醒目，但是剛才的話值得讓她露出微笑嗎？

「我要回去上課了。」但下一秒，她又恢復成了面癱，彷彿我剛才看見的微笑只是幻覺而已。

我看了一下補習班的方向，學生們已經陸續進去。

「那我也離開……」

就在我要拿起一旁的漫畫時，何映真卻率先搶過。

「就借我看吧。」

「欸？妳不是不看？」

「我現在想看了。」她嘴角牽起一點點笑意。「我看完以後，明天一樣的時間拿來這裡還你。」

「我明天有事情，不能——」

「那就後天。」

「不是，我就在旁邊借的，妳直接拿去——」我比著補習班旁邊的漫畫店，但是何映真卻搶先一步往前跑。

她轉過身，晃了晃手裡的漫畫。「掰掰，後天見。」

有人跟你揮手，下意識的反應就是揮手。

有人跟你說再見，下意識的反應也是說再見。

所以莫名地，我對著何映真揮手。「喔，後天見。」

怎麼最近總覺得自己好像被別人牽著走一樣。
范渝祈、石乙彤、何映真，怎麼覺得她們好像和高一時期的印象都不一樣？
還是說，現在是人生桃花盛開的時候？
這是不是太自戀了？

07 不想說的祕密

和石乙彤放學去便利商店喝可樂，這件聽起來很滑稽的事情傳遍了整個學校各年級，除了讓我讚嘆石乙彤的魅力以外，就是覺得「喝可樂」這三個字真的怪好笑的。

「所以說是怎樣？你們現在在約會？」姜哲苦著臉，哀怨不已。

「不是，昨天不是解釋過了？」我懶得再解釋。「所以你現在還喜歡她？」

「沒有，只是說如果那樣的美女配你的話，會讓我覺得不是滋味。」

我用力捶了他。「這什麼意思？」

「等等放學不是還要去吃麥當勞嗎？你這樣連續兩天喝可樂了耶，可樂少年。」施禾笑個不停，還有空挖苦我。

不瞞他們說，昨天傍晚又有何映真請的可樂，所以今天放學再喝，就是第三杯了，這樣好像會發胖啊……

不過男生怕什麼胖呢，發胖這種事情，是不會出現在青春好動的青少年身上的，也就是我。

「唷，你們準備好了？」范渝祈揹著書包來到我們班級前。「我為了讓你們請客，今天早餐就都沒吃了呢！」

「沒在怕的啦，我為了請這一頓，已經預支下個月的零用錢了。」姜哲也胡鬧地回應她。

我們四個朝校門口走去，姜哲忽然又不知道哪根筋不對，指著昨天石乙彤等我的地方說：「昨天她就站在這裡等你。」

「你真的……」我翻了個白眼。

「高中生活多苦悶，聽點八卦緩身心。」施禾這傢伙還有時間作詩。

范渝祈不知道是對這類事情不感興趣，還是聽不懂他們在講什麼，總之沒有加入話題，靜靜地走在前面。

我看著她的背影，感覺好像有點奇怪，於是走到她身邊。

「妳怎麼了？」

她沒料到我會過來，原本看似出神的雙眼對焦到我臉上，彷彿嚇了一跳。「我在聽你們聊天。」

「妳好像對這些事情不感興趣齁？」姜哲也湊到一旁。

「就你們最八卦吧！」我翻了白眼。

「難道范渝祈對石乙彤和禹旭的事情不好奇嗎？」施禾也湊上來。

范渝祈尷尬地笑笑，沒有其他反應。

終於來到麥當勞，我們的話題也從石乙彤跳到了餐點上。仗著年輕，大家卯起來點了許多炸物和雞塊，還有特大杯可樂，看著桌上滿滿的食物，只覺得食指大動。

我們幾個人還沒空說話便已經吃了起來，直到一個段落才開始聊天。

「范渝祈，一般女生不是都不喜歡運動，妳怎麼會這麼喜歡籃球？」施禾說起就連女子籃球校隊也時常人數不足。

「就……」范渝祈吃著炸雞，轉著眼珠，有些遲疑。「就只是想運動。」

「話說，范渝祈，我問妳一個問題，妳可別覺得我不禮貌或是……」姜哲這開頭聽起來就是要問很失禮的事情。

「你問呀。」范淪祈大方地說，又喝了口可樂。

「妳是不是喜歡女生啊？」

姜哲的話讓大家頓時安靜下來。

這個「校園傳說」存在很久，只是從來沒人敢去證實。大家都說身高高、身形纖細、長相秀氣又熱愛運動，如此中性的范淪祈喜歡女生。

比起和女生聚在一起聊彩妝或是八卦，她更常和男生打籃球或聊運動，以前也聽過幾個女生說「要是范淪祈是男生就好了」或是「范淪祈比男生還要帥氣」之類的話。

聽說不少女孩跟她告白，但這些都是校園傳說，真實是怎麼樣，也沒有人問過。沒想到姜哲在此刻居然問出來了，這讓我們大家都停頓了一下。

「哦～～」范淪祈打破沉默，嘴角勾起淘氣的微笑，舔了幾下手指頭，意猶未盡地又喝了口可樂才說：「你覺得呢？」

「靠，我們就是不知道才問妳啊！」姜哲鬼叫。

「等等，我雖然也會好奇，但是我可沒要你問喔！別把『們』算進去。」施禾趕緊澄清。

「欸，你怎麼這樣啦！」姜哲抓過薯條的油膩手指推了施禾一下。

「那你呢？」沒想到范渝祈轉過頭看著我。

「我？」怎麼我也被扯進去了。

「對呀，你好奇嗎？」她又問，漂亮的雙眼眨著。

明明和范渝祈打籃球時，也曾為了搶籃球而彼此對視許久，可是此刻她閃亮的雙眼讓我的心跳有些加快。

「啊……是有點，但如果妳不想說也沒關係……」我轉向一旁，避開她的眼睛。

「哦～～」范渝祈挑挑眉，又繼續吃薯條。「無論是國中還是高中，大家總是會認為我喜歡女生呢……」

「喔，所以妳真的……」姜哲眼睛亮了，想要追問。

「真的很多女生跟妳告白嗎？」施禾也起了好奇心。

「是不少啦，但是……」范渝祈呶呶嘴。

「哇！誰跟妳告白過？」

「聽說六班那個班花也喜歡妳，真的假的？」

「靠，真假？」姜哲被施禾的八卦震驚到。「我聽說是二班的小可愛喜歡妳欸！」

「為什麼那些漂亮的女生都喜歡范渝祈？明明有更優質的男生啊！」施禾甩了一下頭髮，但因為根本沒頭髮可甩，變得像是扭動脖子一般怪異。

「妳當女生真的是可惜了。」姜哲說完還拍了拍她。

「哈哈，事關個人隱私，沒辦法告訴你們。」范渝祈故作神祕，但也間接表達了不想說的意思。

對此，姜哲和施禾便當作范渝祈是默認了。雖然這也沒什麼差，但是不免小小失落，不過話題很快便轉到了昨晚電視上的籃球比賽內容。

由於明天還要上課，吃完後聊了一下，大約八點左右，我們便離開麥當勞回家。范渝祈和我同方向，於是我們在路口與另外兩人道別。

她看起來心情很好，哼著歌，影子在路燈的照射之下，在巷子間拉得老長。

「電視劇和漫畫裡頭，不是時常有大學生結束聚會後，因為喝了一點小酒，回家的路上心情會輕飄飄的，很快樂地哼著歌踩著腳？我想我現在大概就是那種感覺吧？」范渝祈走在我前方，說出了這樣的話。

我笑了下。「怎樣，妳喝可樂也會醉？」

她大笑出聲。「我看起來像喝醉了嗎？」

「其實我也不知道喝醉該是什麼樣子。」

范渝祈轉過頭來，略帶紅暈的臉上忽然皺起眉頭。「別說你沒偷喝過。」

「我是乖孩子，可沒偷喝喔。」

她這表情和動作像極了可愛的小女生一般。也不是說她不可愛，只是平常很男孩子氣的她，會有這樣的表現，再次讓我小小吃驚一下。

於是，大概，我的內心也微微跳動了下。

「最好～～你騙人～～」她哼起小曲調，走到旁邊與我並肩。「學校在流傳個有趣的事情。」

「嗯？」

「說你和石乙彤在約會。」

「噗！」

「這麼吃驚？難道都沒人問你？剛才姜哲和施禾不是也在和你討論嗎？」范渝祈歪著頭。

「不是，妳剛才明明表現得沒興趣，所以沒想到妳會問我。」我乾笑。

「我是對八卦不感興趣。」她定眼看著我。「但這件事情，我想問你。」

面對她清澈又認真的目光，跟往常完全不同的范渝祈，讓我頓時有點不知所措。

「因為一些原因，所以要請她喝飲料，就是那樣，不是約會。」我簡單地說明了經過，但說完了才發現自己聽起來像是一番解釋。

「原來是這樣。」范渝祈聽完，露出笑容，眼睛彎得如同新月，伴隨著鬆了一口氣的情緒說：「太好了。」

太好了？

這句話我該怎麼解釋？

「那個……剛才姜哲和施禾的話，說妳喜歡女生這件事……」

「嗯？」

「那是真的嗎？」

「哦……」她往前方走著，忽然轉過身，調皮地笑著，像是剛才那副讓我有點心動的模樣。「你覺得呢？」

我立刻看向別處，打斷這奇怪的氣氛。

「我希望不是，但妳為什麼不解釋呢？」

「因為沒有必要呀！」她抿起嘴角，雙眼迷濛。「你知道就行了。」

她笑了笑。

又來了，我又覺得胸口緊緊的，這是怎麼回事！

「我家往這方向，明天見！」

在我還來不及做出反應的時候，她便轉進右邊的巷子。

我往巷子看去，只見她踩著輕快的腳步，夜晚的路燈照射下，她的影子拉長了，似乎也在黑暗中照亮了些什麼。

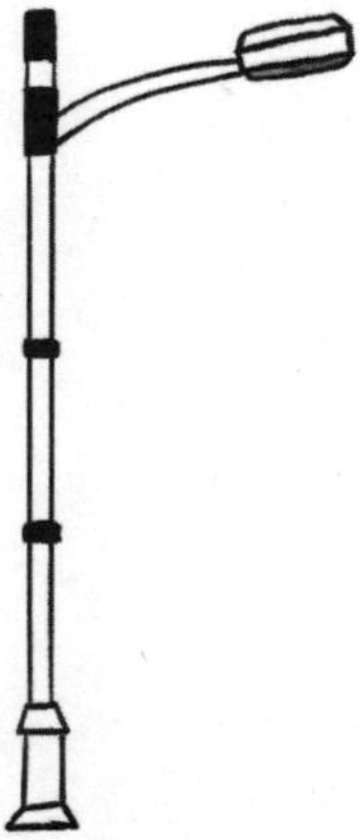

08 解不開的謎

在流言傳得沸沸揚揚之後，再次見到石乙彤，是在要往學校的路上。

「啊……早安。」石乙彤說著，一邊整理自己的瀏海，看起來似乎在等人。

「早。」我有些小小的尷尬，怕她因為那些傳言而對我們的友誼感到彆扭，或是因此討厭我，覺得我別有所圖，所以看到她主動打招呼，我鬆了一口氣。

「妳在等人呀？」我走到她旁邊，稍微拉了一下書包，左右看了下。

「嗯……我在等你。」

她的話讓我一驚。

「欸？為什麼？」

面對我的疑問，她的表情似乎變得有些黯淡。「最近不是傳言甚囂塵上嗎？」

「對呀，所以……妳還這樣等我，不怕越演越烈？」

「你國文好像不錯。」

「還比不上妳。」說完後，我們兩個相識而笑。

「我是怕你會因為這樣的傳言就和我保持距離。」她稍稍嘟起嘴。「所以……我才過來。」

「啊，看來我們擔心一樣的事情。」只是這樣在杳無人煙的地方見面，要是被看見了，會有更多傳言吧？

石乙彤勾起淡淡的微笑，與我並肩往學校走去，看樣子是沒有打算要分道揚鑣。

「我們這樣一起走去學校，傳言應該會更多吧？」離學校越來越近的路途上，我忍不住開口。

「大概吧。」石乙彤勾起一抹幾乎可說是淘氣的笑。「但是，我們什麼事也沒有，不是嗎？」

怪了，她現在的表現怎麼和我心中的形象相去甚遠？

她不是都躲在角落，講話小小聲的，或是獨來獨往的怕生女孩嗎？

可是此刻她晶亮的雙眼裡頭帶著惡作劇的情緒，似乎等待著我的反應，以及大家的反應。

欸，怎麼回事？我現在是被她牽著鼻子走嗎？

可是，為什麼我覺得這樣的她很可愛？就像是一隻淘氣的貓躲在一旁，偷偷期待我的反應一般。

「是、是沒錯。」結果我的聲音居然有點分岔了。

「那我們一起走去學校，當然也就沒問題了，不是嗎？」

「欸……好像是。」

嗯，我是被她牽著鼻子走。

我一邊評估著這樣子好嗎？一邊同時覺得就真的沒什麼，有什麼不好？不知不覺間，學校就在前方，周遭也有我們學校的學生了。

石乙彤是個大美人，無論一二三年級都知道她，所以我們受到了不小的注目，加上她總是一個人，所以我無法想像也不敢想像，光是喝杯可樂就沸沸揚揚，若是大家看見我們兩個走在一起，又會有什麼樣的反應。

「哇靠，你們為什麼一起來?!」救星姜哲適時出現，但隨著他的大嗓門，讓原本沒注意到的學生也看了過來。

我立刻用手扣住他的脖子，故意用大家都聽得見的聲音喊：「我們路上剛好遇到，你那麼大聲要死?!」

「等等等……很痛啊！」姜哲抗議著想要掙脫。

「呵呵。」石乙彤笑了。

她笑了。不是那種輕輕的微笑，或只是勾起嘴角，而是真的發出了笑聲。

像是夏天的風鈴一般，清脆悅耳，彷彿還帶著風的味道。

我和姜哲瞬間愣住。

石乙彤發現我們停了下來，有些靦腆地問：「怎麼了？」

「沒什麼，只是很少看見妳這樣笑。」我鬆開了姜哲的脖子。

「啊，很奇怪嗎？」她害羞地低下頭，又用手整理了自己的瀏海。

「不會呀！很可愛，對吧？」姜哲一邊稱讚，一邊用手肘頂頂我，要我附和。

「對啊，很可愛。」於是我也跟著這麼說，只是聲音帶著些微顫抖，聽起來好像不太有說服力。

「那……謝謝。」石乙彤卻笑開了，雙頰還泛起紅暈。

她對我們揮揮手，轉身先一步往學校走。

「欸，為什麼我說可愛她沒太大反應，但你說可愛，她就……不會是喜歡你吧？」

姜哲睜大眼睛，要我給個交代。

「我看起來倒是害羞女生的反應。」我扯開話題，卻對剛才石乙彤那出乎意料的反應有些念念不忘。

不過，我再怎麼樣也沒不要臉到妄想校園女神喜歡自己。

「也是，掂掂自己的斤兩吧！」

但姜哲這麼說還是令我不爽，立刻用手攻擊他。

而我和石乙彤一起上學這件事情，很快地又傳遍了校園，大家真的是念書太無聊，要靠講八卦才能開心呢。

不過還好的是，大多數人看到的場面都有姜哲同行，所以頂多只是「最近石乙彤和姜哲、禹旭走得很近」這樣的話。

只是當石乙彤下課時又來班上找我的時候，再次掀起大家的討論。

「怎麼了？」我故作大方，畢竟要是扭扭捏捏的更有鬼吧？

「張老師說，這次也要麻煩你……」

她看了一下左右，似乎很在意他人的目光。

「張老師真的把我當他的小秘書了。」我咕噥。

「你本來就是他的小秘書，不是嗎？」石乙彤一笑，而這一笑又引起了大家的無限遐想。

我整個人如芒刺在背，趕緊推著石乙彤往外走。

我們兩人在學校的走廊同行，不意外地再次引起大家注意，一些人竊竊私語，男生投來羨慕的眼光。

說實話，是挺風光的，但就是怪彆扭的。

「我這樣來找你，會給你添麻煩嗎？」快走到他們教室前，她開口問。

「啊，不會呀，怎麼會這樣問？」

「因為，我看你好像坐立難安，而且急著把我推出你的教室。」

「我不是坐立難安，只是大家都誤會了我們。我自己是無所謂，但是妳是女生，我怕這樣不好……」

忽然間，她停下腳步。「你說什麼？」

「我說，妳是女生……」

「再前面那一句，你說……你無所謂？」

「對呀，我是男生，這種事情無所謂……」

「所以跟我傳緋聞，你覺得沒關係？」

沒料到她會這樣問，硬要這樣理解也是沒錯，但總覺得哪裡怪怪的。

「那這樣的話，我也沒關係。」石乙彤咬著唇，看起來在克制自己的微笑。

「啊？」

「我說，我也沒關係。」她抬高了下巴。「所以，我們可以好好往來了吧？」

她的人設變化太快，我跟不上。接著她轉進自己的教室，我只想再問問她，那是什麼意思？

跟我傳八卦也不要緊？

為什麼？

但面對台下眾人的雙眼，我也只能快點把她剛剛交給我的考卷題目寫在黑板上。

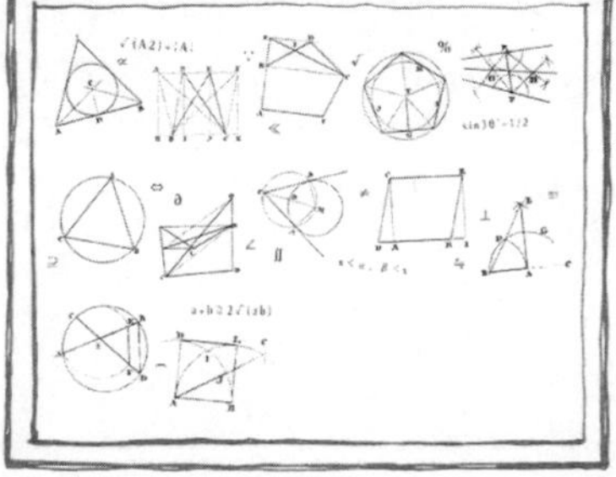

09 難以捉摸的她

我來到漫畫店問老闆，之前借的漫畫還了嗎？

老闆很狐疑，說我自己沒拿來還自己不知道嗎？

我嘆口氣，往對面的公園走去，果不其然看見何映真坐在長椅上。戴著眼鏡的側臉，短髮塞往耳後，白淨的肌膚與過於清冷的雙眼，凝視著手裡的書，讓她整個人看起來就像與世隔絕般的出塵脫俗。

也許是我走路的聲音太過響亮，又或是因為視線讓她察覺到我的存在，她頭也沒抬，只是輕聲說道：「你來了。」

「嗯。」我手裡提著兩瓶飲料走到長椅邊。「不知道妳喜歡喝什麼，一個是無糖綠茶，一個是全糖奶茶。」

何映真瞥了一眼。「怎麼不是可樂了？」

我聳肩。「要可樂也行。」

「不了。」何映真看了看我手中飲料。「真是極端的糖分。」

「因為聽說不喝甜的就會一定要無糖，喝甜的就一定要全糖。」

「那你呢？」

「啊……我是半糖。」

何映真露出一個「打臉自己」的表情，雖然相當不明顯。

接著，她將無糖綠茶拿出來，並從一旁的托特包中拿出自己的保溫杯，將裡頭的水往後頭的花圃倒去，再將飲料蓋子打開，倒入一半綠茶，接著又撕開了奶茶的薄膜，也倒了進去。

「這下子就是半糖綠奶了。」因為面無表情，我分不出來她此刻聽起來算是自傲的語氣是不是在開玩笑。

「哇，好聰明。」

我的回應乍聽之下也像是敷衍，不過何映真似乎接受了這樣的稱讚。

我喝了一口，味道還真是不錯。何映真似乎也很開心，嗯，雖然外表看不出來，不過她的嘴角微微上揚，弧度很小就是了。

「妳漫畫看完了嗎？」

「看完了。」

她再次從托特包拿出兩本漫畫，我瞧見包包裡頭還有許多本參考書。

「漫畫店就在旁邊，妳怎麼不順便拿去還就好？」我又說。

「因為我不想進去。」她回得乾脆。

「為什麼？」

「我是考生，不能進去那種地方。」

我聽了差點沒昏倒。「第一，我們才高二，不是考生。第二，漫畫店怎麼會是那種地方？聽起來好像是什麼不良場所一樣。」

「那地方就是不良場所，沒辦法學到任何東西。」

何映真的話令我來氣。

「那妳看不良場所的不良東西幹麼？」我搶回那兩本漫畫。「而且還白看，沒付錢！」這句話就顯得有點小氣了。

「那我給你十塊啊。」何映真也氣了，雖然仍是面無表情，只是還真的要掏出十塊給我。

「不用！飲料就不只十塊！」奇怪，我怎麼開始計較起來了？但我的意思其實不是這樣。

「那我一起給你啊。五十，夠了吧？」她掏出錢包，找了老半天似乎沒有零錢，於是丟了一百塊給我。「拿去！」

「我沒有零錢啦！」

靠，我在做什麼?!

「那你明天拿五十來學校給我。」她說完便站起來，氣呼呼地要往補習班走。

怪了，我不是來跟她吵架的啊！

只是聽到她這樣貶低漫畫，我就覺得不爽。

或許還有一點，我以為她看完這漫畫後可以和我討論劇情，沒想到得到的是一陣批評。出乎我預料的事情，才會讓我不高興吧？

要是她也能喜歡我喜歡的東西，那該多好？

「妳等一下啦！」我喊住她。

她也真的停了下來，但我不知道要接著說什麼話才好。

結果是她先開口。「對了，你似乎跟石乙彤走得很近。」

「怎樣？」我的口氣還是很差。明明不想這樣的啊……

「我和她同一所國中，她沒有外表那麼單純。」

「妳這什麼意思？」我一愣。

何映真不像是會在背後講人閒話的人。

「她不是都要你去她班上寫張老師的考卷？張老師教的班級那麼多，連我們班也有，為什麼獨獨只需要去十二班寫？」

她沒好氣地轉過頭，雖是面癱，但我越來越能解讀她表情中細微的變化所代表的意思了。

那眼神似乎覺得我很笨。

我確實也沒想過這問題。

「每個班級都有張老師的小秘書，其實就是小老師罷了。石乙彤是他們班的小老師，叫你去的原因又是什麼？」她轉過頭，輕輕地冷笑。

說完，也不等我發問，她逕自離去，留下滿頭霧水的我。

10

誤打誤撞的體貼

因為體育老師請假，五班的體育課調來和我們班一起上。班上的男生很高興能與范渝祈同班上課，這下子多了一個好手可以一起打球。

但是范渝祈卻罕見地顯得有些拒絕，她的理由是天氣太熱，自己有點頭暈。但是大家似乎忘記善於運動的她也是個女生，一直慫恿她也下場，說是出汗後就會散去暑氣，而女孩們也希望看見帥氣的范渝祈下場。

「只有渝祈一身是汗還是香的，請讓我們可以飽眼福又不會受到臭氣熏擾吧！」

然後如此沒禮貌的言語在女生之中蔓延，講得好像我們男生流汗就發臭一樣。

我稍微聞了一下袖子，不臭啊，只是不是香的罷了。

「那好吧，我就打個一場。」范渝祈似乎拗不過大家的請託，答應下場。

在分組圍成一圈黑白猜的時候，范渝祈站到我身邊。忽然一陣風吹來，帶來她身上的柔軟精味道，夾著一點香氣。讓我有點驚訝，沒想到范渝祈還會搽香水。

「妳搽香水？」

「我沒有呀。」范渝祈疑惑。

我的臉瞬間紅了起來。那不是香水，是她身上的自然體香。

我還這樣問她，好像變態！

「我有味道嗎？」沒想到范渝祈還聞起自己衣袖。

我正想著要怎麼找台階下，便被施禾拍了一下肩膀。

「快點猜了，還聊天。」

我鬆了口氣，一陣黑白猜後，這次和范渝祈不同組，而是我們三個男生一組，真是難得。

范渝祈站在我的對面，與我對眼了下，頷首微笑，比出了讚。「我不會放水喔。」

「不需要放水！」姜哲搶著代替我回應。

但不知道是不是我的錯覺，總覺得范渝祈的臉色不是很好，似乎有些蒼白。

就在哨音響起，跳球後散開時，我才忽然想到一件事情。

范渝祈是女生，而女生總是有不方便的時候……從她罕見的拒絕以及臉色不佳，會不會她正被好朋友拜訪中？

天啊！那這還得了！

無奈球賽已開始，沒辦法臨時說要暫停，畢竟范渝祈自己也同意下場打球，表示她不想讓大家知道自己現在的情況。

如果我白目地喊了暫停，要范渝祈去休息，一定會有敏銳的人發現端倪吧？想來想去，感覺都只能打下去。

好吧！我唯一能做的，就是好好地Cover她，至少讓她不要在球場上疲於奔命。

於是雖然和她不同組，但我盡量都不太死盯著她，當她伸手要抄球時，我也不會認真阻攔。

只是這樣的小動作很快就被大家發現，敵隊更是直接派范渝祈防守我。

「認真點啊！禹旭！」姜哲朝我大喊，但是我看范渝祈的臉色真的不太好，即便她帶著微笑，身手也俐落，但就是覺得她現在一定很不舒服。

所以我只是做了個假動作，想繞過她投籃。我知道范渝祈一定會從左邊包抄，最後也如我預料，讓她搶去了球。

上半場結束，我們分數輸了不少，施禾生氣地說要交換防守位置，我卻怕他們不懂憐香惜玉，要是到時把范渝祈弄傷甚至弄到昏倒就不好了。

「我來守她就好了，你們別鬧。」我用衣領擦去鼻頭的汗水。

「欸，你不會是在意我們之前說的話吧？」姜哲忽然天外飛來一筆。

「什麼？」

「就是關於范渝祈是女生這件事啊！」施禾也插話。「你是介意我們說過這句話，怕我們尷尬，堅持要當她對手嗎？」

「呃……不是那個原因啦。」

「放心啦，我們不會尷尬，范渝祈也說了她喜歡女生，這樣對我們來說她就是男的，所以我們可以好好和她對打，沒事的。」姜哲完全搞錯重點。

「范渝祈也沒說過她喜歡女生吧……」我低語。「總之，你們別亂了，就是我對她就好。」

「那你為什麼要放水？」施禾又問。

「我沒有放水啊！」

「少來了啦，你明明在放水，大家都看得出來。難道因為就算她心裡是男生，物理上也是女的，所以你怕碰到她柔軟的身體嗎？」

「你這用詞怎麼回事？」我皺眉。

「反正換我來守就對了啦！」施禾很怕又輸掉，堅持要和我換位置。

「不用！」我大喊。「就說范渝祈是我的了！」

這句話大聲到所有人都瞬間愣住，連同在一旁喝水的范渝祈也愣了下，看過來。霎時間球場安靜無比，接著女孩們瞪大眼睛，發出「欸～」的怪叫聲，而男生們開始意義不明的鬼叫。

「什麼什麼？告白嗎?!」接著是這樣的話出現。

我下意識地捂住自己的嘴。倒是范渝祈張著嘴，下一秒，她嘴角上揚，看似就要開口說些什麼——

「不是啦，別誤會，我們在講防守啦！」但是姜哲搶先一步開口。這位好朋友此刻沒有加入起鬨的行列，而是幫我澄清。

「對啦，因為我們覺得要換一下——」

施禾的話還沒說完，我注意到范渝祈方才看似開心的神情轉為有些疲倦，嘴唇也泛白，腳步有些不穩。我想問她還好嗎，下一秒，她立刻雙膝一軟。

我嚇了一跳，趕緊上前要扶住她，但是距離不算近，這樣下去，她必定是面朝下地跌下去，五官要整個撞到水泥地板上——

所以我立刻衝了過去，並用滑壘的姿勢試圖接住她，整個人飛撲向她。但范渝祈卻不如我預想般地往前撲倒，而是瞬間以雙手撐住地面。

這畫面變得像是搞笑漫畫一樣，我整個滑壘過去想接住預想中會倒下的她，她卻自己撐住，搞得我渾身是傷還很糗。

「哇！你在搞笑喔?!」姜哲在另一頭大喊。

「剛剛是瞬移嗎？」施禾也驚呼。

「衝過來做什麼啦？哈哈！」女生們笑著，似乎沒注意到范渝祈差點就要暈倒。

「你還好吧？」范渝祈一臉傻住，但還是表達了關心。

算了，總比她真的受傷好。

放心之餘，我才意識到自己的手和膝蓋都很痛，起身一看，運動褲的膝蓋部分都擦破了。

「你受傷了，我帶你去保健室。」范渝祈立刻過來要攙扶我。

「這點傷不用——」話都沒說完，她已經很 Man 地將右手從我腋下穿過，手掌放到了我的右肩上，順勢讓我的左手撐在她的肩膀上。

「我帶他去保健室！」她帥氣地說，讓現場的女生們眼冒愛心，男生們也傻了，就在眾目睽睽之下，她「扛」著我往保健室的方向去。

我隨著她的腳步走著，始終沒有放鬆自己的力氣，直到確定大家都看不到之後，我才說：「我沒事啦，妳不用這樣勉強自己扶我。」

「我沒有勉強啊——」范渝祈吃力地說。

我笑著鬆開了她的攙扶。「妳怎樣都是女生，我要是把全身重量壓到妳身上，妳會扁掉的。」

她聳聳肩，倒不反駁。「你剛才衝過來是為什麼？」

「我以為妳要暈倒了。」我如實說。

「所以就從那麼遠的地方跑過來？就是怕我暈倒？」范渝祈一臉驚訝，推開了保健室的門。這時候的保健室並沒有護理師，於是她要我坐到一旁的椅子上，熟練地從一旁的櫃子中拿出雙氧水。

「哇，好痛！」我看著她輕柔地將棉花棒滑過我的傷口。

「你如果不跑過來的話就不會弄到受傷了。我很會照顧自己的。」她低著頭，聲音細微。

「我沒想那麼多，只是擔心妳要是臉撞到地板，那很慘耶！」我哈哈笑著。

但是范渝祈並未抬起頭，肩膀似乎有點微微顫抖著。「你為什麼……會發現我快要暈倒呢？」

「因為妳臉色蒼白，我想說……」欸，說出自己的猜測會不會不好？會不會尷尬？

「想說？」她抬頭，雙眼期待。

好吧，不管了。

「就是女生不是每個月都會……所以我怕妳是不是不舒服，卻又被大家拱著上場打球，擔心妳會忽然暈倒。」

這些話說得彆扭，也像個變態。不是男朋友的男同學，居然注意到女生生理期這種事情，在小說或漫畫裡面或許是貼心，但是現實之中是噁心啊！

范渝祈聽了卻大笑起來，還笑到流淚。她的笑聲照理來講應該會讓我更想找個洞鑽下去，可是不知怎的，此刻她的笑聲卻讓我好過一點，彷彿化解了我的尷尬。

她邊笑邊把我的傷口包紮好，並對我說：「謝謝你，謝謝你注意到我。」

「不會啦……結果是我多事了……」

「不，我是真的不舒服，只是不是因為那個的關係……」她咬著下唇，眼下有著黑眼圈。「昨晚我弟弟發燒，所以我照顧他到很晚，沒辦法睡覺，才會這樣。」

原來范渝祈還有弟弟呀。

「妳真是好姊姊呢。不過妳爸媽呢？」

「他們很忙，所以我負責照顧他們。」范渝祈聳聳肩。「我習慣了，我是大姊，所以弟妹的事情都交給我處理。」

「是喔，辛苦妳了。」我隨意回答，卻注意到她看著我的目光不同，似乎在期待我說些什麼。「欸……那妳需要睡一下嗎？」
我大概是沒說出她期盼的話，她才會看起來這麼失落。
「好啊，我想我躺一下好了。」她打了個哈欠，恢復大剌剌的模樣。
在她爬上床的時候，我也準備離開保健室了。范渝祈卻喊住我。
「禹旭。」
「怎麼了？」
「謝謝你，真的。」她把臉蒙在被子之中，所以我看不見她的表情，所以無法確定她悶悶的聲音是因為被子，還是其他原因。
「妳……如果需要我陪妳的話，我可以在這邊待一下。」
她的眼睛探出被子。「真的嗎？」
「嗯，可以陪妳待到睡著。」
她點著頭，所以我拉了旁邊的椅子坐到床邊。
「謝謝你。」
「不會，妳快睡吧。」我想伸手摸摸她的頭，像是曾經哄過妹妹入睡的自然反應一樣。可是伸出手的瞬間，又意識到這樣不太好，所以一隻手擱在了空中。

「你是想……摸我的頭嗎？」

「抱歉抱歉，我不是……」我急於否認，以防她認為我想吃豆腐。

「那就麻煩你了。」

但范渝祈卻笑彎了眼，閉上眼睛等待，像個女孩子那樣嬌羞可愛。

「那就……乖乖……睡喔。」

這下子，我真慶幸她閉著眼睛。

想必我自己的臉，此刻即便沒有臉紅，也帶著笑容吧……

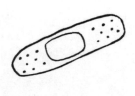

11 解不了的答案

「禹旭，張老師說要寫題目。」

石乙彤出現在我們教室門口，班上的無聊人士又開始鬼叫。姜哲正好和施禾去找體育老師，不在班上，沒能加入鬼叫行列。

我看著石乙彤一臉並無異樣，想起了何映真的話。

「我和她同一所國中，她沒有外表那麼單純。」

說起來，她們念的是哪一所國中？

國中就認識的話，那為什麼在我的記憶之中，高一時她們兩個並沒有交集呢？

「禹旭？」因為陷入思考的我沒有回應，她又喊了一次名字。

「啊，好……」我遲疑了下，還是答應了，並接過她手上摺起來的題目卷。

畢竟不能只聽何映真的片面之詞，即使我也覺得奇怪，怎麼張老師一直要我過去寫試題……但無論怎樣，也該聽聽石乙彤怎麼說才是。

於是我跟著石乙彤走向十二班的路上時，裝作不經意地試探。「張老師真的很喜歡找我做事情耶。」

「嗯，對呀，是不是你人太好了？」但是石乙彤沒有停頓地回答，瞬間讓我對何映真的話也疑心了起來。

要是她真的說謊，有辦法這麼坦然自若地快速回答嗎？

「不知道，因為張老師教的其他班級都沒有找我去寫。」

不過當我說出這句話的時候，石乙彤的腳步停了一下。

僅僅一下，甚至不到一秒，但我還是注意到了。

「張老師真是奇怪。」

雖然她背對著我，但是從前方的玻璃倒影，我瞧見了她的面容正微笑著。

「妳記得何映真嗎？」

「嗯，高一同班的同學，不是嗎？」

我走到石乙彤旁邊。「她說妳們是同一間國中的。」

這一次，石乙彤停了下來，轉過來，瞪大眼睛看著我，臉上滿是震驚。「她跟你說了什麼嗎？」

「沒有。」她的反應怎麼這麼奇怪？

石乙彤咬著下唇，深呼吸了一下，又掛上微笑。「我國中和她不同班，但我知道她，校排名很前面。」

「妳們是哪間國中的？」我又問。

「我想到了，張老師說今天不需要考試，所以不用麻煩你來寫題目了。」石乙彤生硬地轉開話題，清楚表達了不想回答我的問題。

同時，也彷彿間接證實了我的猜測。張老師從來沒要我過去寫題目。

那為什麼，石乙彤要這樣騙我？

「那我就回教室了喔。」但這其實無傷大雅，我也不會追問。

「禹旭，」忽然，石乙彤轉過頭。「聽說你早上在操場喊著范渝祈是你的？」

我們學校明明很大，但為什麼八卦總是傳得很快？

「欸，那是打球防守的事情，不是妳想的那樣。」

「你是在跟我解釋嗎？」

這句話有點奇怪，我應該不需要跟任何人解釋，但我確實是在解釋。但解釋是為了自己和范渝祈的清白，並不是怕石乙彤誤會……不，要是被誤會，我也有點麻煩。

總之，我也不知道自己否認的原因確切來說是什麼。

「就當是吧。」所以，最後就化為這四個字。

「那好吧，這樣子，我會開心一點。」

沒想到石乙彤也回了一句不符合個性的話語。

這樣的反應讓我一愣，驚訝地看著她，但石乙彤只是微微勾起嘴角，說：「那我先回教室了。」

「喔……好。掰掰。」

她轉過身，往另一個方向走去。

就在我也要轉身離開的時候，才發現手上還拿著題目卷，只好又回頭追上石乙彤，要把試卷還給她。「石——」

「多事的女人……」

「咦？」

「啊！」石乙彤注意到我在身後，臉上立刻掛起微笑。「怎麼了？」

「這試題……」

「唉呀，我忘記拿了，謝謝你。」她接過我手中的卷子。「那我先走了喔。」

「啊，好……」我也尷尬一笑。

石乙彤好幾次回過頭確認我還站在原地，才緩緩進入她的教室。

剛才，是我聽錯了嗎？

那喃喃低語的聲音，說出不算友善的話，「那女人」是在講何映真嗎？

為什麼是多事呢？

我是不是應該問問看石乙彤，她和何映真之間，有過什麼嗎？

我走到她的教室前，想找石乙彤出來，可是在他們全班的注視之下，唯獨石乙彤低頭不看著我，那應該就是她的拒絕。

「我先回教室了喔。」結果不知道為什麼，我居然朝十二班裡頭說出這樣的話。

石乙彤沒料到我會這樣跟她道別，終於抬起頭，和我對上眼。

同時，他們班上同學的眼神也在我們兩個之間來回擺盪。

「嗯，晚點見。」她輕輕說，音量不大，但大家都聽得到。

明明我們晚點沒有要見面，她卻這麼說。

她是要說給誰聽？她真的不在乎關於我們的那些八卦嗎？

石乙彤對我，到底是怎麼想的？

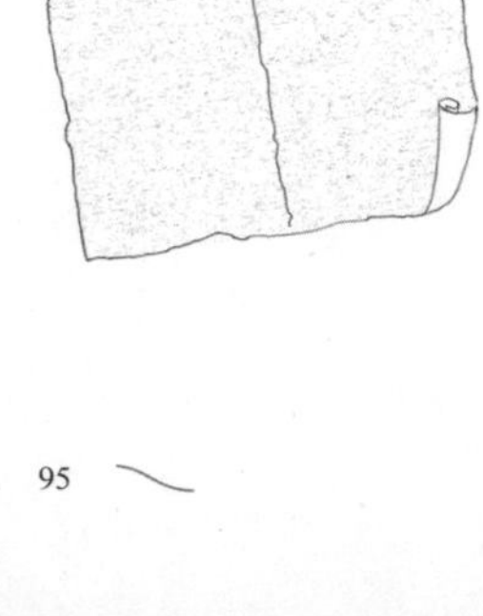

12 突如其來的線索

這件事情，我該找何映真問清楚嗎？

但總覺得這樣打聽，我跟那些八卦分子有什麼不同呢？

我雙手環胸，站在漫畫店前面並偷瞄著補習班門口。

「你今天也來借漫畫啊？」老闆正從書架後走出來，見了我便打招呼。

「我剛看過了，想看的新書還沒出來，所以今天沒有要借。」瞄了一下牆上的時鐘，距離何映真下課的時間還有幾分鐘，再進去晃晃好了。

「喔喔，你明明也是學生，但好像很輕鬆耶。」老闆坐回櫃檯。「幾乎是我最忠實的客人了。」

「唉，我運氣好，家人不太管這方面的事情。」我隨手拿起櫃前的漫畫翻閱，又瞥到了一旁的小櫃子。「對了，老闆，結果那個國中生有出現嗎？」

「什麼國中生……喔，你說那個漫畫作者嗎？沒有啊。」老闆搖搖頭，表示自己也無能為力。

沒辦法親眼見到那位天才國中生（雖然現在已經是高中生了）難免有點可惜，希望她還在繼續畫漫畫。

外頭傳來一陣吵鬧聲，應該是補習班下課了。我把手上的漫畫放下來，跟老闆說了再見立刻出去，果然看見何映真剛從補習班走出來。

「何映真！」我喊著她。

她聽到我的聲音，發現我站在漫畫店前，卻沒有打算走過來。

我走了過去。今天的她穿著輕便的連身帽T和牛仔短褲，有點出乎我意料的穿著，畢竟想像不到她會穿得這麼休閒。但仔細想想，我好像也只看過她穿制服的模樣。

「啊，弟弟。」忽然間，漫畫店老闆從店門口探出頭，何映真快速地拉起帽子並轉過身。「你有一本漫畫逾期了喔！」

「漫畫？我沒有借呀。」我狐疑。

「我剛剛看了確實有喔，四天前借的，是《我的惡魔甜心》。」

「惡魔？」我瞠目結舌，彷彿可以聽見後面的人傳來笑聲。「那不是我借的！」

老闆也不幫我解釋一下就縮回了漫畫店之中。

「欸，何映真……」我走到何映真身邊，無視周遭竊笑的人，卻發現面無表情的何映真也微微抖著肩膀，嘴角抽搐著。

「怎麼？《我的惡魔甜心》？」沒想到她還會糗人。

「那個漫畫不是我借的啦，是我妹借的……」我今天怎麼老是在解釋啊！

「原來你有妹妹啊……幾歲了？」何映真似乎很訝異。

「她今年要考高中。」

「要考高中還可以租漫畫？」何映真語氣平平，卻帶了些微指責。

「妳的話真像大人會說的，租個漫畫還好吧？」但我隨即想打住這話題，畢竟上次才因為漫畫的事情和她起爭執。

何映真將帽子拉了下來。「你也很閒呢，時常來租漫畫。」

「平常是啦，但我也不是天天來，今天主要是過來找妳。」

這句話讓何映真的撲克臉些微瓦解，她張大了嘴，看起來像隻金魚一樣。

「找……我？」

「對。」

她稍微拉了拉衣領，遮住下巴，雙眼些些上揚地看著我，鏡片還因此起了霧氣。

「找我有什麼事情？」

「就是挺在意妳那天說關於石乙彤的事情……」

何映真忽然瞇起眼睛，鬆開了衣領，改為捏緊自己的書包。

「禹旭，你是不是很喜歡跟人曖昧？」

「啊？」這沒來由地說什麼啊？

「先是石乙彤，今天又說范渝祈是你的，難道你是這樣的人嗎？」

「什麼？我聽不懂妳在說什麼？那些八卦不就是……」

「我不是說過了，石乙彤不是單純的女生。」她轉過頭對我喊。雖說是喊，但音量也不是大到其他人能聽到的地步。

「我就是想問妳這件事情，妳怎麼會平白無故這樣說？」害我在意起來，連帶今天下午聽到的那句話都不知道是不是幻聽。

「我沒有平白無故，我不是說了我和她同一所國中？」

「但她說國中時和妳不同班。」

「她怎麼可能認得我？她是石乙彤耶！她連范渝祈都記不得，怎麼可能記得我？」

她的話讓我停下。

「范渝祈？怎麼會提到她？」我摸了摸下巴。「妳們三個都同一所國中？」

「對，我們不同班，可是石乙彤和范渝祈很有名，所以大家都認得她們。我一直以來就不受矚目，所以不會有人認得我……」何映真握緊雙拳，全身似乎正顫抖著。

看她這模樣，我頓時覺得自己好像說錯什麼話了，想開口安慰，卻又不知從何說起，落得在一旁窮尷尬。

「哥——」就在這時，後頭傳來了我妹的聲音。我回過頭，穿著制服的她手裡拿著那本《我的惡魔甜心》站在漫畫店前。

「啊，妳那該死的漫畫！」

「再見。」這時，何映真轉身就跑。

「欸——」我來不及喊住她。

但就算叫住她，也不知道該說些什麼。

雖然覺得自己剛才那樣說沒錯，可是好像太咄咄逼人，她的表情也讓我有點擔心。

「哥，你在這邊做什麼？」我妹走來，理直氣壯地說：「對了，你帳戶裡面快沒錢了，記得儲值一點，不然我沒錢看漫畫耶！」

「妳這個……」我立刻捏了捏她臉頰。「搞什麼鬼，妳租漫畫用我的錢就算了，還敢遲還?!」

「唉唷，我忘記了，這不是拿來了嗎？」她掙脫我的手，一邊揉著自己的臉頰一邊罵我。「不過，哥，剛才那是誰呀？女朋友？」

「不是，我同學啦。」

「很可疑喲！叫什麼名字？」妹妹用手肘頂了頂我。

「別鬧！」知道又怎樣？

「不告訴我名字，我就跟爸媽說你有女友！」妹妹居然威脅我！

反正她知道名字也不能怎樣，我大可編個名字。但我還是說了。「何映真。」

沒想到妹妹睜圓了眼睛。「什麼？何映真？她成績是不是很好？」

我睜大眼睛。「妳怎麼知道？」

「當然知道啊，她在我們學校很有名耶！」

「有名？為什麼？妳國中生在迷高中生？」

「吼，不是啦！」她翻了白眼，順便整理被我弄亂的瀏海和馬尾。「何映真學姊是我們學校的傳奇人物耶，根本學霸，老師到現在都還是很喜歡拿她當例子，督促我們認真念書。」

「啊……所以妳們是同一間國中啊？」這麼巧。

「她後來很誇張，還跌破老師的眼鏡選了松樹高中……明明可以上更好的學校。」她說完還嘆口氣。拜託，我們松樹高中水平也不差好嗎……不過，等等。

「妳說明明可以……是怎麼了？」

「映真學姊是你朋友的話，我覺得跟你講好像不太好。」我妹在這種細節上倒還挺細心的。

雖然我很好奇，但是這樣去打聽別人過去也不太好。

「那……妳該不會也聽過范渝祈和石乙彤吧？」只要再讓我多問一個就好。

我妹轉了轉眼珠，嘟起嘴說：「哇噻，連她們兩個學姊都跟你念一樣的高中嗎？真是不可思議。」

13 巧合與必然

這是什麼神祕的巧合，高一同班卻沒什麼交集，直到高二分班後才開始頻繁互動的三個女生——范渝祈、石乙彤、何映真，居然都是同一所國中畢業的？

就何映真所說的來看，她國中就知道石乙彤和范渝祈，但是她們兩個不認得她。

可是就我妹所說的來講，學霸何映真也是國中知名人物，就算畢業後也時常被老師拿出來當成學妹的榜樣。加上我妹也知道石乙彤和范渝祈，表示她們三個在國中時期就非常出名。

雖然我很好奇，但是總覺得私下打聽不太禮貌，但我真的好奇得不得了啊！

「你在幹什麼啊？」洗完澡的妹妹拿著功課走到客廳，見到我抱頭縮在沙發上，用一種憐憫的眼光看著我。

「妳又要邊看電視邊寫作業了？」

「那當然，人家是適合一心二用的類型。」她邊說邊打開了電視轉到綜藝節目，還偷渡了可樂與零食放在一旁。

見她能夠一邊看節目又趁著廣告的時候解數學題型，瞬間覺得我們家的人或許都受到上天垂愛，只要稍微努力一點點，在課業上也不會有太大問題。

就在我也伸手要拿零食吃的時候，忽然注意到妹妹的作業簿，覺得莫名很眼熟，瞬間想起自己房間的那本漫畫。

我立刻衝回房間將那本手繪漫畫拿出來，再次跑到客廳。妹妹被我大動作的奔跑弄得不快，還吼了我一聲，但誰理她。

「妳看這個！一樣的！」我驚呼。怎麼蠢到現在才把漫畫的學校和妹妹的學校連結起來?!

妹妹皺眉看著本子裡面的漫畫。「哇，誰呀？拿數學作業簿當塗鴉本。」

事不過三，當巧合不斷發生，那就會成為必然。

三個女生都是聖采女中，手上這本匿名漫畫也是聖采女中的作業本。

「欸？這個畫風好熟悉喔！」我妹忽然語出驚人，令我馬上抓住她肩膀，她被我的舉動嚇了好大一跳。「幹麼啦！」

「妳說這畫風熟悉？是在哪裡看過？」

「唉唷，我怎麼會記得，你好奇怪喔哥——」妹妹掙脫我的手，並搶去我手中的漫畫翻閱。「真的很熟悉啊，這厲害又精湛的畫風，我是在哪裡看過……」

「快仔細想想啊！這個作者一定也是妳們學校的，我想找到她……」

「找到她以後要做什麼？」

「啊？」

「我說，找到她以後要做什麼？」

妹妹的反問讓我啞口無言。對呀，找到她以後我要做什麼？跟她說我很喜歡這個劇情？希望她可以繼續畫下去？期待下一部作品？臺灣的漫畫未來就靠妳了？

「只是想說……漫畫很好看。」

「就這樣喔？」妹妹失笑，似乎覺得我小題大做，一邊翻閱那本漫畫。

只是這樣的事情嗎？

告訴一個創作者，我喜歡她的創作，怎麼會是「只是這樣」的事情呢？

「這很重——」

「啊，我想起來了！」妹妹翻閱到畫著最後大Boss外星人面貌的那一頁。外星人有著宛如金屬材質的眼睛，高大又透露著絕望，眾多的觸手彷彿隨便一隻都能壓死如螻蟻的人類。

妹妹興奮地指著這個外星生物說：「我們的漫畫社有這一個怪物的畫！」

「漫畫社？這很合理……妳明天幫我去問這個……」

「才不要！」妹妹迅速拒絕。「漫畫社團都是些奇怪的人，我才不要過去。」

「什麼時代了，還在漫畫社的人都是怪人，我不記得自己有這樣會歧視人的妹妹欸，而且妳自己不是也看很多漫畫？」

「不是，被歧視的是我們！」妹妹氣呼呼地說：「漫畫社裡面的人都是一些名列前茅的學生，會畫畫又會念書，還會編劇情，她們根本就是怪物等級好嗎?!」

沒想到漫畫社才過了幾個世代，已經變得不一樣了。

「如果你想要去漫畫社的話，這禮拜六過來吧。」

「禮拜六？為什麼？妳們要上課？」

妹妹翻了個白眼。「我的天，你到底是有多不關心我？我不是說過好幾次這禮拜六是我們學校的社團發表會嗎？」

「喔。」我真的沒印象。「那妳什麼社團？」

玄關的門正好打開，爸媽回家了，妹妹立刻大喊「媽——哥他——」地告狀起來。

而我立刻傳訊息給姜哲，要他把禮拜六空下來，和我一起去聖采女中。

「去女中？有事我也排開！」豬哥如他絕對答應。

既然要到聖采女中的話，我便想著或許有機會可以去圖書館看看范渝祈她們的畢業紀念冊。這和我向妹妹打聽她們國中的事情不一樣，我只是翻翻看照片，不算是打聽，所以嚴格說起來，不算是八卦吧？大概。

於是在禮拜六以前，我必須時時提醒自己別一個不小心就說溜嘴，例如問起何映真學霸的過去，或是問范渝祈國中時知不知道何映真，又或是石乙彤似乎說謊等等事情。

也許是因為被我揭穿的關係，石乙彤沒有再過來找我去寫題目，反而讓我有點不習慣。這天，從音樂教室下課回教室的路上，我刻意繞到了十二班，發現他們教室是暗的，沒有人在。瞧了一下前門外的課表，原來他們上一堂是體育課。

「欸？你找石乙彤嗎？」忽然有人在我背後喊。我嚇了一跳，注意到這是十二班的學生，正準備回教室。

「喔，我只是順路……」

「她剛才上體育課不舒服，所以去保健室了。」對方說完後就進教室，打開電源，教室瞬間一片光亮。

保健室……

我都聽到了，不去看她也怪怪的。

但明明刻意要避開她，現在又過去，不是本末倒置嗎？

可是……

「禹旭，你怎麼走這邊？」姜哲從後頭勾上我的脖子。「你一下課就跑走，原來來這裡……」他抬頭看了一下教室門牌。「十二班……你來找石乙彤？靠，你們是不是真的有什麼？」

「不是啦，剛我聽他們班的人說石乙彤在保健室。」

「保健室？為什麼？」

「我不知道。」忽然間，我靈機一動。「姜哲，你去看看她吧！」

「我和她又不是很熟，我們一起去吧。」

「你之前不是喜歡她？」

「那也是高一的事情，要看就一起去看啊！」

「不要啦，我不要去。」

結果，我們兩個大男人就在別人的班級前面拉拉扯扯的，搞到最後都快上課了，只得作罷。

只是在我們走回自己教室的路上，就見臉色蒼白的石乙彤從樓梯那裡走來。

「啊！」

「啊……」

我們幾乎是同時注意到對方，視線對上後，先是尷尬地別開眼，但石乙彤很快地撐起淡淡的微笑，有禮地對我點了點頭，也對姜哲頷首，便與我們擦身而過，往教室的方向走去。

石乙彤很少會不跟我多說兩句話就離開，所以我下意識地喊：「等一下！」

她怔住，沒有回頭，卻停下了腳步。

「那個……妳還好嗎？」

「沒、沒事……」她的聲音很弱，卻很清晰。

「妳是怎麼了？身體不舒服的話要不要請假看醫生？」我也不知道自己為什麼會講出這些過度關心的話，大概是怕尷尬，也怕就這樣沉默地離開，好像是在責怪她對我說謊一樣。

總之，我覺得自己此刻的心情挺矛盾的。

「沒關係，就是一些……」她似乎在猶豫。

「如果真的不舒服，最好要回家，現在感冒很嚴重，或是說如果妳不敢請假，那要不要繼續在保健室休——」

「不用啦，我……」石乙彤轉過頭，滿臉通紅。「我只是每個月……都會這樣。」

這瞬間我理解了，一旁的姜哲也理解，這下子我們兩個男生都說不出話來。我尷尬地紅著臉，怎麼在范渝祈那邊我就認為自己很機靈（雖然搞錯了），在這邊我居然沒想到這個可能，還這樣逼問……

「唉、唉呀，禹旭真是的！他也只是擔心啦！」慌了手腳的姜哲哈哈笑著，講話變成奇怪腔調，一掌還十分用力地打在我的背上。

鐘聲適時響起，姜哲立刻勾著我的脖子就要離開。「上課了，我們就先回去——」

「你擔心我嗎？」石乙彤忽然大喊。

「欸？」我和姜哲都愣了下，一旁教室的人也探出頭來看。

「我說禹旭你……擔心我嗎？」石乙彤的臉頰帶著紅暈，說出這些話的她，身體也在顫抖著。

「嗯。」我站直了，認真回應她。雖然她在張老師的事情上說了謊，但也就是無傷大雅的小謊罷了。「我擔心妳。」

聽聞此話，石乙彤安心地笑了。那個微笑是至今為止她臉上出現過最大弧度的笑容，讓現場的同學們無一不驚訝。

那甜美的笑容連對旁人都這麼強烈了，更別說是正面接收的我。

那瞬間，我從腳底竄起了雞皮疙瘩，或許也露出了令旁人瞎眼的笑容吧？

於是，後來的傳言更是甚囂塵上，石乙彤和禹旭在眾目睽睽的走廊上曖昧達到最高值。她本來就是受眾人矚目的校花級人物，可有些人不見得知道我是誰，霎時間無論是一年級還是三年級的，都趁著下課時間跑來看看我究竟長什麼樣子。

「什麼時代了，大家應該拍一張照片然後發送出去就好啦！」范渝祈也在看熱鬧的行列，挑了打掃時間過來。

「要不是禹旭怪人沒有臉書和ＩＧ，大家也不用刻意跑來教室一趟了。」施禾還有閒心分析。

「不過講真的，你真的和石乙彤搞曖昧？高一怎麼沒感覺到？」姜哲講完忽然一驚，摀住嘴，感動地看著我。「難道你是因為我高一時說喜歡她，所以才壓抑自己的感情嗎？天啊，我太感動了！」

「請不要自己腦補又自己感動好嗎？」我簡直眼神死。

「所以是怎樣？你和石乙彤……真的？」范渝祈站在窗戶邊，雙手撐在窗台上看著我，滿臉好奇。

「說這以前，不如先說說石乙彤有沒有跟妳告白過？」施禾還不死心地關注哪些女孩跟范渝祈告白。

「沒有啦，你好無聊喔！」范渝祈出手捶了他兩下，又把視線轉到我這邊。「所以禹旭，你和石乙彤真的……」

剛才沒說完的話題又拉了回來，不過我聳聳肩。「我和她沒有什麼啦！」

我說完，范渝祈彷彿鬆了一口氣。

「對了，禮拜六我們約幾點在聖采？」

結果姜哲這成事不足、敗事有餘的人天外飛來一筆，讓我心臟差點從嘴裡跳出來。

「什麼？你們去聖采做什麼？」施禾問，范渝祈也訝異地看著我們。

「就……大概十點……」我一邊回答一邊偷偷觀察范渝祈的模樣，像是自己做了什麼虧心事一樣。姜哲真是哪時候不問，偏偏這時候問！

「這禮拜六是聖采的成果發表會，我們要去逛逛。」姜哲嘿嘿笑著。

范渝祈雙眼在我們兩個身上來回打轉。

「靠，要不是我禮拜六校隊要練習，我也跟著去了！」施禾扼腕。「聖采的女生都很漂亮耶，專出美女。」

「我也是聖采畢業的耶！」沒料到范渝祈主動提起，雙眼還閃閃發光。「所以我也是美女。」

馬上被姜哲吐槽。「呃……妳應該是帥哥。」

「妳直接說出來是聖采畢業的啊……」我咕噥。

「對呀，怎樣？這有什麼好不能說的嗎？」范渝祈的反應和我想像的不太一樣，大概是因為石乙彤和何映真都有意無意避開國中的話題，所以我下意識地認為范渝祈也不想提起吧？

「沒什麼。」我尷尬一笑。

「可惜我週六有事情，不然也想回國中看看呢。」范渝祈彈了彈指，看上去是真的很惋惜。

「對啊，不然還可以幫我們介紹可愛的學妹。」姜哲搓搓手。

「我才不可能幫你們介紹女朋友。」范渝祈立刻拒絕，瞥了我和姜哲一眼。

「冤枉喔！我又沒說什麼，怎麼用那種鄙視的眼神看我。」我雙手投降。

「很小氣耶，想獨占美女喔！」姜哲的重點卻在別的地方。

這時正巧上課鐘響起，范渝祈看起來有話沒問完，無奈鐘響，她也只能離開，對我們揮手再見。

依照這個步調，感覺接下來就要遇到何映真了。

不過時間就快要放學，加上何映真的教室在樓上，基本上過往和她見面都是在漫畫店附近才會遇到，所以只要下課別接近那一帶，大概也遇不到她。

但莫非定律的奧妙之處就在這裡，越是不想遇見誰，就越是會遇見。

下課鐘響時，我還在教室整理書包，何映真直接來教室找我了。

「妳要找誰嗎？」畢竟是高一的同班同學，姜哲率先跟她搭話。

「禹旭。」卻沒料到她要找我，加上過於認真的眼光，讓姜哲這本來就容易腦補的人有了別的聯想，走過來重重捶了我的胸口一下。

「你最近犯桃花嗎？」然後低聲在我耳邊說：「所以我先走？」

「不用啦，等我。」我摀著胸口。這傢伙真的很用力！

我揹起書包走到前門，姜哲識相地站在後門等我，班上的同學也已經所剩無幾。

「怎麼了？」

「因為那天匆忙離開，沒跟你說再見。」但她彷彿還沒講完，令我等待她接下去。

只是何映真卻沒說話了，鏡片後的明亮眼睛凝視著我。

「呃，所以？」

「所以我只是來跟你說再見。」說完，她還真的轉身就走。

「欸？何映真！」這意外導致我下意識地喊出她名字。

「怎麼？」她停下腳步回頭望著我。

「喔……掰掰。」我的手在空中犯傻地揮了揮。

她又凝視著我，似乎嘆一口氣，轉身朝前方走去。

「所以她到底來找你幹麼？」從頭到尾在一旁觀看的姜哲也不明白。「而且你叫住她然後說掰掰？你有病？」

「別再說了，我們走——」

「慢著，她跑回來了！」

我順著姜哲說的看過去，只見何映真快步朝我們走來，那速度好比跑步，氣勢驚人的雙眼看著我，嚇得我們兩個下意識想往後退。

「畢業紀念冊——」她快走到我們面前，第一句話就很莫名。

「畢業紀念冊？」我重複。

「去聖采，不要看畢業紀念冊！」她幾乎是咬牙切齒地說出這些話。

「不要看……？慢著，妳怎麼知道我們要去聖采？」這學校是還有沒有隱私啦？

「總之，不要看！」

說完她又是轉身就走。但我幾乎看見她耳根泛紅，這還是第一次見到何映真的臉上出現情緒如此豐沛的表情。

「這是怎麼回事？什麼畢冊？」姜哲摸不著頭緒，我也沒多解釋。

後來雖然還想問清楚何映真怎麼會對畢冊有這麼大的反應，但她似乎有意無意地躲我；即使想傳訊息問她，也才發現——我居然連她的聯絡方式都沒有。

◆
◆
◆

於是就這樣，禮拜六到來了。

那天，妹妹一早便出門，而我則和姜哲先約了吃早餐後，才在大約快十一點時來到聖采。

女中不愧是女中，總是能在校慶或是園遊會等這些對外開放的活動日吸引一堆男生參與，雖然此刻的我們看起來也像是為了妹子而來的豬哥，但我是有目的的，不一樣。

「哇、哇！就算是國中生看起來也很可愛啊！」但旁邊這位發表了近乎犯罪宣言的姜哲就真的是個豬哥。

「你小心被警察抓走，她們都未成年啊！」我叮嚀。

「我們學校的女生不也未成年，而且我們也未成年啊。」姜哲正色。

「你這樣說是沒錯。」

「所以，國中生也沒問題吧？」

等等，這結論怎麼怪怪的。

「開玩笑的，我再怎樣也不可能對國中生下手，太變態了吧！」姜哲說完後還打了個哆嗦。「不過如果是國三的，再過一年她們就變成高中生，這樣就沒問題了。」

我立刻抓住姜哲的肩膀。「這問題大了。」

跳過這些胡鬧的話題，我們在聖采女中裡頭漫步。校園本身並不大，只有一個操場、兩個球場，連游泳池都沒有，教學大樓大概也只有三棟，不過也因此這所學校感覺特別溫馨。學生們穿著黑色的百褶裙搭配淺藍的襯衫在攤販間穿梭，雖然是社團發表會，但也有一部分的班級負責小吃攤，讓大家能邊逛邊吃點東西。

我的目標是漫畫社，姜哲的目標是認識更多國中妹，但是當我要跟他分道揚鑣時，姜哲卻抱怨起自己一個人會怕。

「那跟我一起去漫畫社。」

「不要，漫畫社感覺都宅女。」

他這是偏見，但我也不想帶有偏見的人一起去漫畫社。

「哥。」

所以我 Call 了我妹過來，要她負責帶姜哲晃晃。

「唉唷，妹妹，好久不見。」姜哲裝酷地對我妹打招呼。

「哲哥，好久不見，你都不回我訊息呀！」我妹則對他眨眼。

「妳那訊息有點煩呀。」姜哲微笑。

「有你三不五時要我介紹女朋友給你煩嗎？」我妹也微笑了。

他們兩個感情到底是好還是不好，直到今天我也還沒譜。

不過把姜哲交給我妹就行了，我則前往漫畫社的方向。地板上雖然貼有眾多社團的方向指示圖，但唯獨沒瞧見漫畫社，我只好照著ＤＭ上的簡略地圖，總算找到在最旁邊的教學大樓四樓角落的漫畫社。

妹妹明明說漫畫社是有才華的人才能參加，也是備受矚目的社團，可是依照這個位置，感覺更像是被排擠的邊緣社團。

不過當我越靠近漫畫社，越明白妹妹的意思。即便這邊位置偏遠，卻擠滿了人，清一色都是穿著制服的聖采學生，校外生較少。

「聽說今天有很多漫畫出售。」

「真的假的？有那個神作嗎？」

「沒有！聽說都銷毀了。」

「她父母真的太過分！」

我聽見身邊的女學生此起彼落的討論，我出於好奇搭話，但她們好像認為我是來搭訕的高中生，對我擺出警戒又嫌棄的臉色，快速退開。

而我看著前方人潮，這樣要擠進去漫畫社要何年何月？

「你也要進去？」忽然有個女生出聲。

她長髮及腰，眼角有顆淚痣，穿著聖采的制服。

更神奇的是，當她一站到我旁邊，周遭的學生瞬間安靜下來，直盯著我們看。

「欸，對。」我對氣氛丕變感到有些緊張。

「很少有校外生會來漫畫社。」她上下打量我，一臉好奇。「既然如此，就讓你先進來吧。」然後便對我招招手。

前方的學生們自動往兩邊讓開，雖有點尷尬，但我還是跟在她身後，毫無阻礙地在兩旁學生的注視下，走到走廊尾端的漫畫社裡。

我原以為漫畫社裡面已經人滿為患，但靠近才發現社團內根本空無一人，這位看起來像是社長的女生沒開放任何人進入，卻率先讓我參觀。

外頭的學生們頻頻朝裡面張望，好奇怎麼會有校外人士想要參觀被她們視為神聖之地的漫畫社。這大概是我第一次同時被這麼多女生關注。

當社長開了燈，我注意到空間最後面的黑板上畫著我在漫畫上看見的外星人，牠的觸鬚纏繞著眾多人類，雙眼的殘酷與猙獰透過白色粉筆的板畫展露無遺。

我張大了嘴，這就是我妹所說的那幅畫嗎？

「那個！」我立刻比了那個外星人。「那是誰畫的？」

「那是已經畢業的學姊畫的，因為很好看，所以我們不打算擦掉。」

「她叫什麼名字？妳找得到她嗎？」我激動地問。社長卻打量著我。

「你要不要先自我介紹一下呢？」只是國三的女孩，看起來卻比我這高二生還要有威嚴。

我發現自己太衝動，有些尷尬，冷靜地退了一步，抓抓頭說：「前一陣子我在租書店買了一本自製漫畫，覺得劇情很棒，想當面跟作者分享自己的感想。但老闆和對方失去聯絡了，剛好我妹也念聖采，說在漫畫社看過一樣的圖，所以我就過來了。」

一口氣說完自己的目的，社長微微抬起眉頭。

「我明白你來的目的了。但是那位學姊已經畢業，我能幫你轉告她，但我不能告訴你她是誰。」

對於這位社長的回答，我覺得還合情合理，於是便答應了。

「對了，你是什麼高中的？」

「松樹高中。」

聽到我的答案，她不禁挑起一邊眉毛，最後只說要我隨意看看，便走到前門準備要讓外頭的學生進來。

而我張望著社團中的擺設，整間教室的桌子圍成了一個ㄇ字，上頭擺滿著漫畫社社員的自創作品；有些是同人，有些則是原創，我隨意翻了幾頁後，總覺得都沒有那位神祕學姊的作品來得震撼。

我繞了一圈，並沒有看見那個學姊的創作。我問了社長，她說學姊只留下那張畫，其他的原創作品都沒留在社內。

「你手上的那一本，大概就是她唯一留在他人手中的作品了。」

這句話不知為什麼說得有些令人難受。

但我還是瞧見了其中一本少女漫畫製作得十分專業，不但印成書籍，裡頭甚至還有幾頁彩頁。翻閱了幾頁，畫工細膩，網點和背景也都十分專業，覺得妹妹或許會喜歡，不如當成是妹妹告知漫畫社的報答，所以即便價錢是昂貴的三百元，我也掏腰包跟社長買下。

「你要買這本？」社長似乎有些訝異。

「對，買給我妹妹看。」我交出三百元，注意到漫畫封面寫有作者的名字。

「我叫卓舒予。」社長說，與那漫畫上的作者名相同。「這是我國一時畫的漫畫，當時還有做周邊。」

「原來就是妳？哇，妳國一就能畫出這麼厲害的人物。」我笑笑著說，但卓舒予只是聳聳肩，收下了三百元後送我走到漫畫社門口。

「謝謝你買了我的漫畫，如果看完之後，你妹妹願意和我分享心得的話，最後面有我的粉專。」卓舒予說著。

教室裡頭擠滿了學生，在結帳桌子前面排成長長一列，等待她回去。

「好，也麻煩請妳幫我轉達給那位學姊了。」我也叮嚀她，換來一個她凝視我的眼神。「怎麼了嗎？」

「沒有。我在想你真是個好人，會為了一本連作者都不知道是誰的漫畫跑到一所女中來，只為了告訴她，你喜歡她的漫畫。」

她這句話說得有些傷感，我不好意思地搓搓鼻子。「因為這大概是身為書迷的我唯一能做的事情。」

卓舒予淺淺一笑，對我說了再見。

之後，我對聖采女中的成發沒有太多興趣，而姜哲和妹妹似乎逛得很開心，我便決定自行回家。

但直到搭上公車以後，我才想起自己剛才居然忘記幫那張畫拍照，便傳了訊息要妹妹過去幫忙拍一張。不過我妹似乎不太願意。

最後，在搭捷運的路上，我無聊地翻閱了一下卓舒予的少女漫畫。劇情很簡單，是一個國中的男孩幫助了女孩，而後兩人在高中相遇，男孩卻不記得女孩了，所以女孩寫了一封匿名信給男孩，問他還記不記得自己。

這劇情還真是充滿幻想呢，現實生活中不太可能會有這樣的事情發生吧，果然是少女漫畫。

正當我看到男孩收到信的段落便到站了，於是將漫畫塞進背包，徐步走回家裡。半路上與爸媽巧遇，便一同去超市買菜。回到家後，我隨手將漫畫丟在客廳桌上，便先去洗澡。

直到傍晚，妹妹才傳簡訊說要和姜哲去吃飯，媽媽一邊碎念著怎麼不早點講，一邊問我姜哲是不是和妹妹在交往。我只是聳聳肩，哪知道他們會怎麼發展？

吃完飯後我在客廳打混，瞧見還放在桌上的漫畫，想起自己還沒看完，閒著也是閒著，便從剛才中斷的地方繼續看。

這一看卻不得了，我差點不敢相信自己的眼睛。

男主角拿出放在抽屜的信，抽出了裡頭的信紙——

雖然天天都能見到你，但那一句「謝謝」始終說不出口。

如今要分班了，我才意識到同班的一年來，自己沒和你說過幾句話。

所以我鼓起勇氣，在最後一天，想跟你說聲「謝謝」。

你一定不知道我在說什麼，畢竟是好久好久以前的事情，但我還是想要告訴你。謝謝當時你的幫助，或許對你來說只是微不足道的一件小事，但對我來說卻是救命繩索。為此，我真的很謝謝你。

雖然當時沒告訴你我的名字，但當我發現自己居然和你同班時，我多想跟你說，我是為了你才來到這裡。

可是，我卻失去了勇氣。

一開始，我只是想著靜靜地當你的同學也好。

但隨著同班這一年來的日月共處，我將你放到了我心上。

又或許是，在相遇的最初，我便喜歡上你了。

如此的暗戀，或許令你覺得噁心，所以我不敢署名。

只是想將這份心意，用最不勇敢的方式告訴你。

我簡直止不住顫抖。我看過這一封信！

心臟狂跳的我往房間衝去，打開了每一層抽屜找尋那封信。

終於在第二格抽屜深處找到那個藍色信封，我嚥了嚥口水。信封上寫著我的名字，周邊畫著雲朵和草地，翻至背面，封口處貼著玫瑰花瓣的紙膠帶。

而我對照著漫畫，信封的外型並不一樣，但是我顫抖地拿出了信。

無論是字句還是筆跡，一字不差。

卓舒予就是寫信給我的人？

怎麼可能！她是國中生，要怎麼把信放到我的教室抽屜中？

請朋友代放？

但她剛才看到我並沒有太大反應，像是不認識我一樣，怎麼可能是她寫給我的?!

可是這樣要怎麼解釋這封一字不差的信件？

算了，我自己想破頭也沒有用，不如直接問她。

我從漫畫最後一頁翻到了卓舒予的自我介紹，附上了她的粉專網址和名稱，我立刻拿出手機搜尋找到她，但我並沒有臉書帳號，一時之間竟然無法連絡她。

不過我很快地發現自介還附上了她的手機號碼。

我的天，小朋友怎麼這麼不懂得保護隱私？但多虧如此，我有了她的電話，於是迅速將信件拍照，發送訊息給她。

寫信給我的就是妳？

接著是焦急的等待。她會看到嗎？她什麼時候會看到？她會承認嗎？她會知道嗎？我簡直就像是等待男友回傳的少女一般，在房間裡來回踱步，甚至急到差點就要打電話過去。

接著手機傳來震動，我立刻打開，是卓舒予的回應。

你是誰？

我是誰？

那封信上面不是已經寫了我是禹旭？

等等，那這樣表示信件真的不是她寫的囉？

我是今天去買漫畫的那個！

因為太過心急，導致訊息還沒打完就先發送出去，我立刻要多打幾個字：「就是松樹高中——」

但下一秒，我的手機震動起來。我嚇得差點讓手機掉到地上。

「喂？」

「你就是松樹高中的禹旭？」卓舒予的聲音從另一端傳來，語氣充滿不可思議。

「這是什麼巧合？」

「妳是寫信給我的人？」我甚至還沒說出自己的名字。

「不是。」她立刻回答。

「那為什麼那封信會出現在妳國一畫的漫畫中，而且——」

「那封信當時有做周邊，我印了好幾張信紙，你仔細看那上面是印刷的，不是真正原子筆寫的。」

經她這麼一說，我才仔細看了下，果然是印刷的，之前怎麼沒發現？

「那這麼說，寫信給我的是聖采的學生？那怎麼有辦法放到我教室抽屜？」我一愣，想起了剛才那本漫畫的內容。「難道……」

「她和你念同一所高中，同一個班級，信上不是寫了嗎？」卓舒予聽起來似乎很興奮。「沒想到當年國一聽學姊講的故事成真就算了，甚至連本人都找到我這裡——哇，果然現實永遠比創作更離奇！」

面對她的興奮，我卻搞不清楚狀況，要她先停下來，好好跟我說清楚。

「妳知道寫信的人是誰嗎？」這才是最重要的問題。

電話那頭的卓舒予深吸一口氣。「知道。」

14 第一個回憶

她說，國一時，聽了國三的學姊說起一段和另一所國中男孩短暫相遇的故事。

她以此作為靈感來源，自己補充了毫不相關的劇情，並為了祝福學姊真的能在高中與對方相遇，所以畫了那樣的劇情，讓女主角寫了那封信給男主角。

當時的學姊看了之後還說：「希望這些都能成真。」

而後，學姊畢業了。

在去年成發的那天，有三位學姊回來漫畫社。

其中一人買下了「匿名信」的漫畫，以及當時限量的周邊商品，也就是那封模仿漫畫內的信。

然後，她要求卓舒予在信紙上頭寫上「禹旭」兩個字。

「禹旭？那不是……」她當下很驚訝，但學姊只是點點頭。
「當個紀念。」學姊簡短地回答，便在其他人注意到她以前立刻離開漫畫社。
「那個學姊是誰？」我立刻追問，但是電話那頭的卓舒予卻停頓了。
「怎麼了？告訴我是誰呀！」
「我若說了，對其他兩個人可能不公平。」
「啊？妳在說什麼？」這話怎麼令人不明白？
她再次吐了口氣，並且停頓了很久。我在內心想著，是否要先開口問她，但最後還是受到氣氛影響而屏氣凝神。
「因為有三個學姊，所以為了公平，我不能告訴你是誰寫的。」卓舒予再次說著，似乎下定了決心。「你們分班了對吧？我想我可以告訴你那三個學姊的名字。」
「妳到底在說些什麼？」面對一個年紀比自己還要小的女生，此刻卻不知道該做何反應，讓她說出我想知道的事情。
如果我在聖采女中的時候就看到這部漫畫該有多好，這樣我還能當面問她。
「三個學姊，都曾經和你有一段無法忘懷的過去。我那本漫畫，是國一時聽著其中一個人的話，當成靈感而畫下來的。我畫的是未來的一個想像，沒想到高中時你們真的會同班。但是我不能告訴你寫信的人是誰。」她淡淡說著。「但是，我能告訴你她們三個人是誰：范渝祈、石乙彤、何映真。」

我倒抽一口氣。雖然透過這些日子以來和她們的相處，或多或少也覺得，她們其中一個極可能就是寫信的人，但是當我親耳聽到之時，還是覺得一切巧合得可怕。

「她們三個畢業於聖采……等一下，我現在腦子有點混亂，妳能夠和我說得更清楚一點嗎？」

我感覺卓舒予就快要掛電話了。

「我只說最後一次，寫信的人在這三人之中。」卓舒予嘆一口氣。「然後，不要企圖從我這裡問出確切的人到底是誰，我不會告訴你，也希望你不要來學校堵我、逼問我。請別讓我為難，我只能告訴你這麼多。」她飛快說著。「你只能自己去找答案，去找出那個人到底是誰。」

說完，她還真的就掛掉電話，留下傻愣了好幾秒的我。

等我回撥過去，她已經封鎖了我的號碼。

「搞什麼啊！」我大喊。

與此同時，我聽見玄關傳來妹妹的聲音，我立刻跑了出去，只見滿臉笑容的她一看到我的表情後便愣了。

「哥，你是發瘋喔？」她一臉擔憂。「還是吸毒？怎麼看起來好像快死了？」

狗嘴吐不出象牙，我忽然後悔買了那本漫畫給她。

不對，如果沒有買那本漫畫給她的話，我就不會得到匿名信的線索，也不會第一次離答案這麼近。

對，雖然我還是不知道寫信的人是誰，但至少從整個高一同班的人縮小至三個女生。而如此恰巧，三個女生都是高一不算熟悉，卻在分班了之後有了更多交集的人。

可是根據卓舒予所說，我和她們三個過去都有過一段交集？

有這回事嗎？升上高中以前，我根本不認識她們，和我從同一個國中升上來的同學，也大多都是男生；加上她們三個都畢業自聖采，但我根本不認得任何來自聖采女中的女生。

會不會是卓舒予搞錯了？

不可能，她不會搞錯的。

天啊，我的腦子好混亂，算數學的時候都沒有這麼凌亂過！

「哥，你如果沒話要說的話，請滾一邊，擋到我的路囉！」

親愛的妹妹真沒禮貌，伸手推了我一把。

「欸，禹桔，我問妳，」我喊住她。「妳認識卓舒予嗎？」

「卓舒予？我當然知道啊！漫畫社的社長耶！」妹妹眼睛亮了。「她又漂亮畫畫又厲害，功課也很好，怎麼──啊，你今天去漫畫社看見她了對吧？」妹妹一愣，露出一種噁心、彷彿看著臭蟲的眼神盯著我。「不會吧，哥哥，你不會是……看上人家了吧？唉唷不要喔，人家才十五歲欸，你已經十七歲了，這樣是犯罪，好噁心喔……」

我什麼話都沒說，她已經腦補到天邊去，我翻了白眼，打了她的後腦杓一巴掌。

「白痴喔！」

「好痛！幹麼啦，是被我說中了心虛嗎？」她可憐兮兮地摀著後腦。「媽，妳看哥哥啦！他打我的頭！莫名其妙喜歡國中生還打我的頭！」

「不要亂講！」我吼她。

「你們別鬧了，快去睡覺。」媽媽壓根不想管我們，而且現在才快要九點，就想打發我們去睡覺。

妹妹眼看沒有靠山，於是自討沒趣地鎖了家門，朝自己的房間走去。

「欸，小姐，妳是沒聽到我在叫妳喔？」

「如果你要我幫你介紹卓舒予的話，先說不可能喔，雖然我們同年，但根本不認識，加上卓舒予在資優班，高攀不起。」她自顧自地說了起來。

「不是啦，我是要問妳，妳知道卓舒予和哪個畢業的學姊比較好嗎？」

「什麼啊？卓舒予的人緣挺不錯的，只是我剛好不認識，而且她也認識很多學姊。」妹妹歪著頭，像是想到了什麼。「啊，不過她和——」但話到這邊，妹妹的手機忽然震動起來。她一面狐疑一面拿出手機看著，忽然睜大眼睛。

「哥，你是對卓舒予做了什麼嗎？」

「什麼？」怎麼會這麼說。

她一臉驚恐又疑惑地將手機螢幕轉給我看。「卓舒予居然傳訊息給我。她怎麼知道我的手機號碼？天啊，好可怕喔！」

禹桔，我是卓舒予。無論妳哥問妳任何關於我或是關於聖采、漫畫社，甚至是畢業學姊的事情，都不要回應。謝謝妳。

這是什麼神通廣大的恐怖能力，她還心思細膩地知道要提醒我妹妹？並且在這短短的幾分鐘內就找到我妹妹的手機號碼？

「哥喔，你不要讓我在學校難做人喔，女校比你想像的還注重人際關係呢。」說完，妹妹就一溜煙跑回房間，還立刻鎖起房門。

既然已經被下了禁口令，我想任憑我怎麼問，應該也都不可能了吧？

所以我放棄妹妹這條線，也打消了打算明天放學到聖采女中的校門口堵卓舒予的念頭。依照卓舒予這樣的個性，大概會直接報告教官把我攆走吧？

回到房間後，我陷入思考，自己大概唯一能做的，就是直接去問她們三個，看誰是寫信給我的人了。

沒錯，就是這樣！

做了決定，內心總算比較踏實，可以安心地玩電動了。

於是隔天睡到中午過後，吃飽後開始打電動。爸媽對於我的行為沒太多意見，妹妹也追劇追了一整天，結果我一個不小心打得太晚，星期一直接遲到。且因為在校門口被教官逮個正著，想偷翻進去也不可能，只能站在校門口罰站。

但是當我心不甘情不願地來到罰站區時，卻發現一個熟悉的身影，她正低垂著眼皮，看起來像是沒睡飽一樣。

「范渝祈。」

聽到我的叫喚，她立刻抬起頭。

真是糟糕，雖然想說要面對面問她比較快，可沒想到這麼早就會遇見她，我還沒有心理準備。

「你也遲到了？」她憨憨地笑著，看起來跟平常不太一樣。

「對啊，電動打太晚。妳呢？」

「我是有點事。」她聳聳肩，臉色看起來很疲倦。

操場傳來升旗的音樂，但這邊是個隱密地帶，教官看不到我們，所以我們也沒有認真地敬禮。

「你那天去聖采怎麼樣？」沒想到率先提起的會是她，反倒是我慌了手腳。

「啊，沒怎樣，就那樣。」

「是喔，好玩嗎？」她似乎只是隨口問問，用這些無關緊要的問題來掩飾真正要說的話。

我咳了一聲。「那個，我去了漫畫社一趟。」

「嗯。」然而范渝祈並不意外，為什麼？

因為卓舒予跟她說了嗎？

所以她認識卓舒予，她就是寫信——不，嚴格說起來，是給我信的那個人嗎？

「妳認識卓舒予嗎？」我彷彿聽得見自己心跳的聲音一般，連每一次因呼吸起伏的胸膛都如此有感。但看著范渝祈平靜的側臉，她似乎毫不意外。

「從你口中聽見以前學妹的名字，還真是奇怪呢。」范渝祈呶呶嘴。「我沒想到你會去漫畫社，照理來說，男生去聖采都會去參觀熱舞社呢。」

「我又不是為了那個才去……」

「那你是為了什麼？」她好奇。

「卓舒予沒有跟妳說嗎？」

她搖頭。「她只說了你有過去。」

「喔……」

「她好像還說了些多餘的話，真是抱歉，造成你困擾了。」她的語氣輕柔，聽起來和平時不同，神情看起來也很失望。

「她說我們以前認識？」

「不算認識，就是一面之緣。」說完，她聳聳肩。「但你不記得了，對吧？」

我搖頭。

「沒關係啦，會記得才奇怪呢。說實話，我也不太想你記得。」范渝祈說著，嘿嘿笑了兩聲。

這時，操場傳來教務主任宣布籃球場暫停使用一個禮拜的廣播，而范渝祈似乎打算結束這個話題，開始在附和教務主任的發言。

「妳跟我說清楚一點，說不定我就會想起來了。」我追問。

范渝祈卻愣住了。她轉過頭看著我，雙眼深處有著濃濃的哀傷，嘴角揚起一絲勉強的微笑。

「唯有你記得我，這份回憶才有意義。」她低聲說。

霎時，一陣罪惡感朝我襲來。

忘記了的人跟還記得的人。

總是忘記的那個人更顯得無情。

「對不起，我……」

「不用道歉，那真的就只是一面之緣，會記得的人才奇怪吧？」忽然間，范渝祈又回到了平時嬉皮笑臉的模樣，剛剛那份傷感，彷彿只是我的幻覺。

在這瞬間，我明白了一件事——我們曾經的短暫交集對她來說很重要，然而對我而言或許微不足道，正是因為如此，她才格外受傷。

我越想透過她的敘述記起來，對她來說越是傷痛，所以我只能靠自己想起來，不能再問。

握緊雙拳的我，對於在無形之中傷害到她這一點，感到深深的後悔。

因此此時我只能安靜，與范渝祈之間第一次生出了尷尬的氛圍，緘默地聽著遠方傳來的廣播。

忽然間，刺耳的鈴聲響起。范渝祈居然沒有關手機鈴聲。雖然學校不禁止學生攜帶手機，卻禁止學生在學校接聽電話或是邊走邊使用手機，所以她這樣還算是「好學生」那一方的人，沒有猶豫地接起電話讓我有些驚訝。

「妳不要急，慢慢說。」范渝祈的聲音有些緊張，神色也略微慌亂。「什麼？好，我立刻過去！」

她掛了電話，立刻往校門跑去，我下意識大喊：「妳要去哪裡？范渝祈！」

「我有急事，要先回家！」她慌亂地喊，下一秒卻踢到花圃邊的石頭，整個人往前撲倒。

「小心——」我於事無補地提醒，衝上去想拉住她也來不及，好在范渝祈的運動神經靈敏，單手撐住地板，才沒害得自己破相。

「哇！差一點。」她嘿嘿笑著，卻久久沒站起來。

我跑到她身邊想扶起她，這才發現她的身體正微微顫抖著，連牙齒也不斷打顫。

「發生什麼事情了？」

「我……醫院打電話過來……」她斷斷續續地說著，勉強想擠出一個笑容。「我爸媽好像發生車禍……」

「車禍？」我大吃一驚。

「怎麼辦？我現在應該……對，我應該先去醫院，不對……我應該先去接妹妹，還有我弟弟……等一下……」范渝祈自言自語著。我立刻抓住她肩膀。

「冷靜點，范渝祈，我會陪妳！」我大聲對她說。

范渝祈一愣，而我拉起她的手往校門外跑。

「你們要去哪裡？」門口的警衛叫住我們，但這時候可沒時間解釋。

一出了校門，我立刻招了計程車。年紀大的警衛動作比較慢，等他追上來的時候，我已經叫司機快點開車了。

「唉唷，年輕人很拚喔，為愛奔走啊？」司機大哥不知在興奮什麼。「要去哪裡？天涯海角嗎？」

我沒空理會司機大哥的玩笑，也沒時間因為他的玩笑而不好意思。我轉頭問范渝祈醫院在哪裡。

「但是我弟弟妹妹……」

我跟司機大哥報了醫院名字。「妳弟妹應該能自己回家吧？」

「他們最大才小學二年級，沒辦法自己回去！」

「小學二年級？」我再次大驚。「你們年紀差這麼多？」

她只是點點頭，咬著大拇指的指甲，身體還在顫抖著。「要是我爸媽……」

「沒事的。」我伸出手，蓋在她的手背上，感受到她的顫抖逐漸和緩，指尖的冰冷也暖和了。「妳先打電話給其他可以幫忙的大人，然後到醫院確認狀況後，我再去接妳弟弟妹妹，好嗎？」

「我沒有其他可以拜託的人……」

她說得如此無助。「那、那我要不要請我的爸媽……」

「不用，沒關係，我能自己處理好，我可以的。」這些話，范湍祈像是說給自己打氣一般，卻又如此不確定。

我一直覺得范湍祈是個樂觀開朗，似乎永遠不會沮喪的太陽女孩，但此刻的她看起來只是個無助瘦弱的小女生。

這讓我想起了那一天，她躺在保健室的模樣，興起了我的保護欲。

「放心，我會陪在妳身邊的。」於是我再說一次。在這種非常時期，我們更該互相幫助。

「我害你蹺課，對不起……」

「或許妳可以改說謝謝。」我扯出一抹微笑。

「年輕啊～～」司機大哥不忘調侃。

抵達醫院以後，我們兩個東湊西湊，還差五十元才夠車資，但好心的司機大哥說感謝我們讓他看一場青春浪漫劇，所以不收那五十元了。

來到服務台詢問後，得知她爸媽所在的病房，我們懷著忐忑的心，卻在病房外聽見了裡頭的笑鬧聲，瞬間鬆了一口氣，范渝祈還差點因此腿軟。

「妳沒事吧？」這一次，我眼明手快地扶住了她的手臂。

這時，病房內，她的父母瞪大眼睛看著突然出現的我。

「爸、媽！你們要嚇死我了！」范渝祈大喊，臉上是放鬆之後的喜悅。

只見她的父母分別躺在病床上，一個人腳上裹著石膏，一個人的手則懸掛在胸前。

下一秒，范渝祈卻哭了起來。

「我還以為……還以為你們怎麼了……」

由於我還抓著她的手臂，於是也自然地拍拍她的肩膀，讓她的重量靠在我身上。

只是在人家父母面前，這還真是怪不好意思的，尤其是她媽媽雙眼還閃閃發光地盯著我們瞧。

「阿姨、叔叔，你們好，我是范渝祈的高中同學，我叫禹旭。」我簡單地自我介紹，並確定范渝祈已經站穩後，才鬆開了自己的手。

「唉呀唉呀，你還陪她過來，真是不好意思。」范渝祈的媽媽對我打招呼，一旁的爸爸也點點頭。

但兩個人看起來非常年輕，約莫三十出頭罷了。

「你們發生什麼事情？為什麼小不點的老師會打電話說你們昏迷住院？」范渝祈來到病床中間，我則站在床尾。

「沒有怎樣啦，妳爸就紅燈右轉，結果為了要閃一個蹓狗時衝出來的小孩就雷殘，跌的角度也不知道怎麼這麼剛好，一個傷手、一個傷腳。」她媽媽邊說邊甩著沒受傷的左手，還開朗地大笑著。「太痛了啦，痛到我暈倒了一瞬間，我想應該是老師太緊張，聽錯了。」

「會有生小孩痛嗎？」范爸爸臉部線條陽剛，嘴角卻帶著玩世不恭的笑容，還有空調侃老婆。

「我覺得好像有耶，我可以再生幾個，但沒辦法再骨折一次。」范媽媽還公然調情回去，讓我頓時尷尬地咳了一聲。

「爸、媽，我朋友還在！」范渝祈紅了臉。

在這裡，她看起來就像是個普通女生一樣，不是那個在球場上被眾多女生告白的帥氣女孩。

「對了，那妳這樣過來，下午誰去接弟弟妹妹？」

「我下午再過去就好。」范渝祈將一旁的紙杯倒入開水並遞給我。「謝謝你陪我過來，現在沒事了，你要不要回去上課？」

「妳確定一個人可以？」我再次確認。

「你這麼關心我女兒，難道……」范爸爸忽然露出了凶狠的表情。

「不不不，我只是她的朋友！」我趕緊澄清，但這句話說得又急又快，讓范渝祈的笑容稍微僵了一下。

「……對、對啊，爸，你這樣讓我們很尷尬。」范渝祈盡了最大的力氣打圓場，但很明顯是失敗了。

「你看啦，亂說話！」即便病床有點距離，范媽媽還是企圖伸手要打范爸爸。

「那我就先告辭了，祝你們早日康復。」我禮貌地微笑，覺得自己剛才好像否認得太快，是不是傷害到范渝祈了？

因為不管怎樣，莫名其妙被別人打槍，總是會不爽吧……

「我送你出去吧。」范渝祈跟著我走出病房。

到了病房門口，我請她止步。

「到這邊就好了，妳快回去照顧妳爸媽吧。」

「今天真的很謝謝你，計程車的錢，我明天給你。」

「不用啦，妳記得幫我跟老師證明我不是蹺課就好。」我想挽回自己剛才說錯話的氛圍，但頓時覺得病房裡的人正張大耳朵聽著。在別人父母面前說出類似撩對方女兒的話好像不太好，我頓了下。「有任何事情再聯絡我。」

「謝謝，真的很謝謝你。」范渝祈由衷地感謝。

直到我進電梯之前，還可以看見范渝祈站在病房前看著我，電梯門關起時，她還對我深深地鞠了躬。

堅強，卻又無助，像綻放在寒冬的花一樣，如此美麗。

◆◆◆

等我回到學校，時間已經快要中午。然而令人難過的是，明明早上幾乎是曠課，我卻沒接到任何責罵的電話。

難道我變成學校小透明了嗎？這麼邊緣到被老師遺忘了？

就在我步履蹣跚地來到教室時，正在吃便當的施禾和姜哲一見到我，反應平平地要我快點拿碗筷去盛營養午餐。

「我早上沒來上課，你們都不擔心嗎？」我特意哭喪著臉。老師遺忘我這個小老師就算了，就連我的好朋友也沒有打電話給我，真的有點傷心耶。

「什麼？你不是蹺課嗎？」姜哲不知道哪來的誤會。

「怎麼會說我蹺課？」我疑惑。

「因為警衛先生來教室跟老師報告啊，但被我攔了下來，說會轉告老師，順便問了你是和誰一起離開，警衛說是跟范渝祈耶！」施禾開始讚揚警衛居然記得我們學校每個學生的名字，但他們忘記了，警衛那邊會登記遲到的人姓名啊。

「要是你是和石乙彤離開，那才真的要大張旗鼓呢！跟范渝祈是能發生什麼花邊新聞？」姜哲聳聳肩，一點都不在意。

「難道你們是蹺課去打球？感覺范渝祈好像真的會做這樣的事情。」施禾說完後大口吃雞腿，這個話題便結束了。

他們不知道用了怎樣的理由，大概就是我上吐下瀉、又拉又瀉吧，所以一整個上午都待在保健室。

我不免對學校的做法感到擔憂，怎麼都沒有人去確認呢？

不過也多虧如此，我整個上午不在的事情沒有引起任何騷動。

至於今天發生的最大騷動，就是下午的第二節下課，石乙彤來到了我的教室。她並沒有如往常一樣地喊我，而是站在走廊外偷看。但她實在太顯眼，所以立刻被班上同學發現，也習慣了石乙彤來到我們教室就是要找我，自然地便喊了我的名字。

石乙彤瞬間還想逃走，但我已經來到門口並擋住她，只見她紅起臉，雙手抓著裙子，似乎很想逃離。

「妳來找我有——」

「沒事，我只是經過。」我還沒說完，她已經先否決。「那我走了，掰掰！」

接著，她立刻誇張地轉身，用極快的速度離開。

「石乙彤。」我喊了她。「妳等我一下。」

早上問過和范渝祈的事情，得到那句「忘了就算了」的回應，讓我反省自己不該開門見山，這樣只會傷害她們。最好的方式，就是至少要想起一點點，才顯得尊重。

我決定換個方式，緩緩走到她面前。「那個，我們以前見過……對吧？」

雖然有點卑鄙，但用這樣的方式提問，聽起來彷彿我也記得，也能從石乙彤嘴裡得到更多線索。說不定我也能真的想起來，過去曾經和石乙彤有什麼交集……

「根本沒有！無論你看到什麼、聽到什麼！那都不是我！」

但石乙彤的反應卻出乎我預料。她用了有史以來最大的音量回答，讓我差點摀住自己的耳朵。

由於周遭的同學正注意我們的一舉一動，所以她的行為無疑助長了他們的腦補。加上我們兩個本來就在傳一點小緋聞，所以石乙彤的喊叫及羞紅的臉，成為這段時間以來的最高潮。

於是在石乙彤這邊，我還沒得到任何訊息，她便已經逃開。

「唉唷，你和她是不是真的有什麼？」姜哲過來拍拍我的肩膀，似乎對於剛才那種看似我被甩的場面很開心。

「你跟我妹有什麼嗎？」我反問。「上個禮拜六還玩到這麼晚。」

「拜託，是你妹妹耶，我哪敢啊！」姜哲兩手一攤。「就只是挺聊得來，而且她才國中生耶，我又不是想犯罪！」

雖然他說得一本正經，但我可沒忘記他在聖采時說過的話。我妹妹正好是國三，還是要小心這位豬哥才行。

要走。

而在此刻，我的手機傳來一陣震動。我拿出來看了一下，立刻回到教室拿起書包就

「欸！禹旭，你要去哪兒？」在走廊上和其他人聊天的施禾見狀大喊。

「我要早退！」我將書包斜揹在肩，大步往樓梯跑。

「你早上蹺課現在又蹺課？我們可沒辦法再幫你圓謊耶！」姜哲說得很大聲，我回頭，就見張老師的臉出現在他身後。

「老師！我有急事！我會再請我家長請假！」怕被耽擱，我立刻逃走，不給老師追上來的機會。

就這樣，我十分熟練地三步併作兩步，一路衝往大門，來到一旁的腳踏車租借區，刷卡後立即騎車離開，動作一氣呵成，就怕老師或是警衛追出來讓我耽擱。

禹旭，抱歉要麻煩你了。

因為小狗的主人來醫院，我暫時無法離開，能麻煩你去接我弟弟妹妹嗎？

他們太小不方便來醫院，所以接到後請你先帶他們回家，地址是——

◆ ◆ ◆

「啊，我有接到范姊姊的電話，稍等一下，我去帶他們過來。」

幼兒園老師穿著粉紅色的公主洋裝，看起來今天學校有什麼活動，小朋友們手裡也都拿著自己做的泡棉假花。

園所門口有許多來接孩子放學的家長，大多都是阿公阿嬤，只有我一個人最年輕，站在這裡顯得不自在。

過一會兒，幼兒園老師牽著一男一女走出來。

「哥哥是誰？」小女孩往右歪頭，看著我。

「姊姊的男朋友？」小男孩往左歪頭，兩個人形成了對稱。

「原來是雙胞胎啊……」我蹲了下來，視線與兩個孩子平行。「哥哥是姊姊的同學，她有事情，所以請我過來接你們喔。」

「什麼事情？」小女孩又問。

「嗯……就是有事情，我等等再跟你們慢慢說，我們接下來要先去接哥哥和姊姊喔。」我從老師手中接過兩個孩子的小手，朝老師點點頭。

「哥哥叫什麼名字？」小女孩名為小點，圓滾滾的臉蛋與范渝祈並不相像，雙眼卻有些神似。

「就叫我哥哥就可以啦。」

「我們是要去接俊俊哥哥和美美姊姊嗎？」小男孩名為小不，而他口中的兩人則是范渝祈另外兩個弟妹，一個是小學一年級的美美，另一個則是小學二年級的俊俊。

這個時代還生了五個孩子，范渝祈的父母真是勇敢。

但范渝祈的年紀和第二胎也差得太多了，加上父母看起來十分年輕，難道是早戀生下她的嗎？或者她是領養的？

我腦中浮現了許多以前看過的連續劇劇情，但又很快地甩甩頭。別過於探聽別人家的隱私才好。

牽著兩個孩子來到國小門口，正巧是放學時間，我遠遠便看見有兩個比起同年齡還要高些的孩子在校門口等著。雙胞胎一見到他們便奮力揮手。

而俊俊和美美……這兩個名字還真是來鬧的，雖然的確是人如其名啦，總之他們看到牽著他們弟妹的是個陌生的男生，先是警戒了一下，但注意到我身上的制服和范渝祈一樣，似乎鬆了一口氣。

但很快地，他們換上另一種擔心。「我姊姊呢？」

問出話的是小二的俊俊，雖然還是個孩子，但是看起來比同齡的成熟些。

於是我簡單和他們說明了一下狀況，並強調父母的傷並不嚴重，最後在這群孩子帶領下回到他們的家。

說實話，當我看見范渝祈的家時，心底是訝異的。

范家位於半山丘上，需要爬過一段綿延曲折的小樓梯，而上頭的矮小建築與建築之間幾乎沒有防火巷，門口堆滿了資源回收的紙箱和罐子。當俊俊用身上的鑰匙打開家門時，裡頭的空間更是小到不可能擠下七個人。

沒料到范渝祈的家是這麼的……清寒。

「我們要先來做這個！」小不點放下幼兒園的背包，來到擠得幾乎沒有走道的桌子邊，拿起桌面上的天秤並把零件倒上去秤著。

「這是家庭代工嗎？」我收起自己不禮貌的震驚，也坐到了一旁。

「對，我們回家先做這個，等俊俊和美美寫完功課以後再交接。」小小的孩子說出交接讓我驚訝，也明白這些孩子的成熟，即便知道大人們都不在，還是繼續做著自己分內的事情。

而我一邊幫忙，一邊注意到掛在牆面上的制服。

那是聖采女中的制服，淡藍色的水手服樣式，就像嶄新的一般掛在上頭。

「為什麼要把姊姊的制服掛在那邊呢？」我好奇問著寫功課的俊俊。

「因為姊姊說那制服很漂亮，以後要給我穿喔。」美美搶著回答。

「姊姊說她穿著這件衣服遇到了白馬王子。」一旁的小不也跟著說。

「那衣服很漂亮，我們都好喜歡。」小點將零件倒到袋子中封好，放到一旁的分隔小櫃子中。

「遇到白馬王子……」這句話怎麼這麼熟悉呢？

「我遇到白馬王子了，童話故事都是真的。」

一個長髮的女孩又哭又笑。

腦中忽然浮現的畫面讓我一愣。曾經有個女孩這樣對我說過，可是我記得她是長頭髮，而范渝祈之前說過她以前在女校常被告白，所以應該是短髮……

「你們姊姊國中是留長髮嗎？」我轉頭問他們，四個孩子同時搖頭。

記憶中的不是范渝祈囉？還是說，是我記錯了？

下一秒，美美卻說出讓我震撼的話。「可是姊姊國中戴過假髮。」

「啊，遇到白馬王子的那天！」小點也開心地拍著手。「還有娃娃！」

俊俊從凌亂的桌子旁起身，穿越重重障礙物走到裡頭的房間又走出來，手裡拿著一張拍立得。

「長髮的姊姊。」然後，他將照片交給我。

一個穿著聖采制服的長髮女孩站在照片中間，身邊也是其他聖采的學生，背景的招牌寫的是兩年前的園遊會，幾個女學生手中拿著「化妝舞會」的牌子。站在中央的長髮女孩有些靦腆，比了一個ＹＡ。

卓舒予說，我和范渝祈國中時曾經短暫相遇，而我一點印象也沒有。

但是照片中的長髮女孩，我記得。

她就是范渝祈嗎？

只是髮型不同，我卻沒在第一時間認出來。

國三的時候。如同高中一樣，我們家是放任主義，所以我是班上唯一沒有上補習班的學生。

那天是期中考，學校提早下課，其他同學馬上又要去補習班，只有我一個人在學校附近閒晃。

我心血來潮，在經過電玩店的時候決定進去逛逛，用了身上的一百塊紙鈔換了零錢，手裡拋著那十個硬幣，在機台間物色該玩些什麼電動好。

大概是因為我們學校提早下課，這裡不像平常那樣學生很多，甚至有點冷清，因此受歡迎的機台此刻也沒人……奇怪，怎麼有個神奇的畫面？

我看見賽車機台那裡有個不可能出現在這裡的制服，距離不近的聖采女中學生怎麼會在這裡？

「可惡！居然超我車！」那女孩的長髮隨著身體擺動而飄動著，彷彿不在乎他人眼光，沉浸於賽車遊戲上。

我出於好奇靠近一看，她的技巧有點生疏，但是掌控得還滿好的。最後她得到了第二名，我忍不住拍手。

她嚇了一跳，轉過頭看我。

她有著長長的眼睫毛和白淨的臉龐，側分的長瀏海恰到好處地蓋著她的右臉，看起來是個好人家的乖女孩，怎麼會穿著制服還跨在電玩店的機車上呢？

「啊！」她似乎嚇了一跳，趕緊從機車上下來，拿起一旁的書包就要跑。

「我不是故意嚇妳！」我立刻擋住她的去路，但這樣反而讓她更害怕似的，我只好退後，抓著後腦說：「我只是看妳電動玩得很好，才會拍手，我不是壞人啦……」

雖然這一整句話聽起來都像是變態，但是她放鬆了警戒，看著我身上的制服。「你是小松國中的？三年級？」

「對呀，妳聖采……三年級應該不會在遊戲店……所以是一年級？」

「我看起來有那麼幼稚嗎？」她哼了聲。「你不也三年級，還不是在這裡。」

「不一樣啊，聖采是好學校、是千金大小姐，我們小松雖然也不差啦……但出現在電玩店總比聖采合理。」

「我厭倦了大家都說我們是千金大小姐，或是說聖采就該怎樣……姊姊就該怎樣的……」她自言自語著，但很快發現自己好像說了什麼不該說的，緊張地咬著下唇，沒再說話。

而我看了一旁的飛碟曲棍球，對她說：「嘿，既然在平日下午有緣相遇，要不要就一起玩遊戲？」

她似乎仍有點猶豫，畢竟是女中的學生，想來應該不太習慣跟男生相處吧！

「就當作是大考前的放鬆。很快就要考基測了，妳想考哪裡呢？」我走到一旁的飛碟曲棍球，並將十塊投入。「快來。」

她猶豫了下，才慢慢走過來。「那你呢？」

「應該就是松樹高中吧，我的成績上得了，加上離我家也近。」我拿出球片，瞬間朝她射去。

她卻靈巧地擋住，並用力將球片往我的球門射入。沒料到她反應會這麼快，我居然沒擋下。

「松樹高中水準也算是很高吧。」然而她還能好好地回答我。

「對聖采來說應該算普通吧？」我彎身拿起掉出的球片，再次朝她打過去。

「我不知道。」她歪頭，輕鬆地擋下。

我忍不住說：「等一下，妳平常是不是有在偷玩？」

「我第一次來。」她偷笑了一下。「偷偷來的。」

「那妳也太強了吧？」我震驚，再次被她射門得分。

「大概我很有天賦吧？」她轉轉眼珠子，本就漂亮的臉龐笑起來更是好看。

我咳了一聲，讓自己的注意力集中在球片上，卻好幾次都被她接殺，最後還是輸給了她。

「好開心，原來這邊這麼好玩！」她雙手高舉著歡呼。

「但今天是剛好沒有奇怪的人，女生平常還是不要單獨過來這邊比較好。」雖然輸了有點不甘心，但是看到她笑得開心，忽然覺得，輸了也好。

畢竟能看到女孩子可愛的笑容，比什麼都重要。

「會嗎？我今天就遇到你了呀。」

「那是剛好我們學校期中考……聖采沒期中考？」我們又往下一個賽車的機台走去，投入了零錢。

「我們今天是園遊會，我們班是化妝舞會。」說著，她選了一台紅色車子，而我選了黑色的。

「那妳有化妝嗎？」我問。

原本是想要油條一下，等她說沒有，我就要說「沒化妝看起來就這麼漂亮」之類的幹話。

「有。」然而她意料之外地這麼說。

「是喔，妳哪裡有化妝了？」我看向螢幕倒數著。

「粉底還有內眼線之類的吧，但大家都說不適合我，說還是原本的我比較好。」

「我覺得現在這樣也不錯啊。」

「是嗎？謝謝。」她側過頭看著我一笑，那模樣很是傾城。

結果下一秒，她就踩下油門，贏在起跑點上。

被她那一笑擾亂心智，我後來怎麼追都追不上，就這樣又吃了一次敗仗。

於是後來，無論是玩射擊還是夾娃娃或是打拳，只要是能對戰的遊戲我都慘敗，實在不可思議。

天色已晚，來到了六點多，我感覺肚子咕嚕地叫，沒想到只用一百塊也足夠我們玩了這麼久。

雖然玩得不夠盡興，但多認識一個朋友也不錯。加上時間越晚，電動場所會出現越多怪人，我們還是快快離開比較好。

「這些娃娃給妳吧！」我把自己夾到的娃娃也給她，不過書包裡還是留了一個白雪公主的娃娃回家給妹妹。

「這怎麼好……」她看起來要拒絕，甚至要掏錢。

「不用不用，就當成是見面禮。」我耍酷地聳聳肩。

「那你叫什麼名字？」

「禹旭，大禹的禹，旭日東升的旭。」我再次耍酷，還甩了一下根本不長的頭髮。

我正要順著問她叫什麼名字，她卻笑了一下，說：「禹旭，你能再陪我一下嗎？」

「可以啊。」我看了一下手錶。「但是妳這樣太晚回家沒關係嗎？」

她搖頭，長髮也隨之搖晃。

「我還不想回家。」

如果是我們班上的女生說出這句話，我大概只會說聲「白痴喔」，然後就跟對方說掰掰。可是出自聖采女中的乖女孩嘴裡，我腦中忽然浮現了許多社會新聞，比如被家暴，或者同母異父的姊妹處不好之類的……

「那不然我們去前面的便利商店坐一下？」我比著前面，雖然身上已經沒有現金，但好在悠遊卡裡面還有錢。

她點點頭，小臉埋在手裡的四隻娃娃之中。我看不到她的表情，擔心她心情不好，於是決定要請她喝飲料。

「不好啦！」她抬起頭。

啊，沒在哭，臉上還沾到了娃娃的毛屑。

「呵呵。」我笑了下，比了一下自己鼻子，告訴她。「妳這裡沾到毛了。」

她歪頭，忽然閉起眼睛。「幫我拿。」然後把臉湊了過來。

才國中的我怎麼招架，班上雖然也有很多女生，但是各個都跟男人婆一樣，聖采女中的女生像是千金小姐一樣，充滿女孩子的氣息。

「這、這不好啦，妳自己拿。」我轉身，趕緊再拿一罐可樂，快速從她身邊走過。

當我拿著可樂到櫃檯結帳，還回頭看了她一下。她帶著淘氣的笑容，自己擦去鼻子上的毛屑，好像剛才在逗我一樣，以我反應為樂。

最後，我們坐在便利商店前的椅子上。但國中男女有什麼好聊，所以最後又回到學業這種無聊的話題上。

「你不用補習嗎？」她問。

「不用，我們家很開明。」但當然是成績也不錯啦。「妳也不用補習？」

「我們家比較沒能力讓我補習，不然我也不排斥。」她說得輕鬆，卻不像是一般學生會說的。

「怎麼說？」

「我的家境……不是太好，但我還有四個弟妹，為什麼家境不好的人還要生這麼多小孩呢？」她並不是埋怨，只是略帶悲傷地笑著說出這無法改變的事實。

於是，她說起自己的小小故事。

父母早戀，還沒成年就先生下她這個長女。父親是孤兒，母親很早就離家出走，兩人基本上沒有後援，但幸運的是，父母是真正的那種「有愛便能克服一切」的類型，所以即便生活困難，他們還是努力地撐了起來。

而家庭也讓她比一般孩子早熟。小時候，她時常拿著鑰匙一個人回家，自己把便當放到電鍋裡面加熱，吃完飯再寫功課，洗完澡就做家庭代工，等著父母下班。

他們忙到深夜，回來也會給她擁抱，陪她入睡。

在她小學畢業前，媽媽生下了弟弟，一年後是妹妹，如今還有一對雙胞胎弟妹。

「我喜歡他們，喜歡弟弟妹妹喊著姊姊，喜歡他們吃東西會想到我，喜歡他們比一般孩子懂事，會幫忙家務。」她手裡捏著娃娃。「但我有時候會覺得好累，我也想要下課和同學去逛街，而不是要趕著回家照顧他們，幫他們煮飯洗澡。我也想要有零用錢買新衣服，而不是把所有的錢都省下來，為了家庭生計著想。我也想被人關愛、保護，而不是心情不好時還要佯裝一切都好。有時候我會想，如果沒有他們，我們家現在是不是過得更好？更有餘裕？」

她眼角含著淚水，又很快地擦去。

「比起當他們的姊姊，有時候，我更覺得自己像是他們的媽媽。看著他們，覺得他們像是小時候的自己，但是比我幸福多了，有姊姊在，什麼事情都有姊姊扛、有姊姊幫忙。喜歡什麼？沒關係，姊姊可以不要讓給妳。需要什麼？沒關係，姊姊會想辦法。在哭什麼？沒關係，姊姊會哄妳到妳入睡……」忽然，她遮住自己的臉。「我好累，我雖然愛著他們，但我也想離開他們！」

所以今天的她才沒有一下課就回去照顧弟妹，她已經疲乏至極了。

沒有料到會聽見一個同年紀的女孩說出這樣的話，一時之間，我不知道該怎麼安慰她才好。

「我也喜歡很夢幻、少女的東西啊，從小也幻想過要當個公主，但是我不能。長女如母親，我要幫爸媽的忙……而且我一點也不適合可愛女生的東西，那些是可愛女生的權利……」

「妳很可愛啊！」這句話，我幾乎不假思索便說出。

而她一愣，抬起頭來的臉頰仍掛著淚痕。「你說什麼？」

「我說，妳很可愛啊！」雖然有點不好意思，但我還是重複一遍。

「你真的覺得我很可愛？」他問。

「當然，妳不覺得嗎？」難道她沒照過鏡子嗎？

「同學總是跟我說……我很帥又很高，像白馬王子一樣，還有女生跟我告白……」

她的話讓我噗哧一笑。「妳是真的比我高啦，但是男生之後還會繼續長，女生就不會了，所以我覺得這個還好。不過不管我怎麼看，都覺得妳很可愛啊，妳怎麼會是白馬王子，是公主才對吧！」我掏出書包裡頭的白雪公主娃娃。

比起妹妹，她更需要這個。

她見著白雪公主，伸手撫摸了上頭的蕾絲裙子。「你要給我？」

「嗯。」

「這麼漂亮、這麼少女的娃娃，你真的要給我？」

「對，很適合妳呀。」

這句話讓她笑了起來，笑中卻帶淚。「我遇到白馬王子了，童話故事都是真的。」

白馬王子？

「我不是王子。」我忍不住笑了起來。「所以，女生一直到國中都還是會相信童話故事嗎？」

「童話故事一直以來都離我很遠，這大概是我最靠近的一次了。」她抓著那個白雪公主的娃娃。「禹旭，你就是個紳士般的王子。」

「妳過獎了啦……」

「我是說真的，你說了很多安慰我的話，我真的很高興。」

「那不是安慰啦，只是我真的覺得，無論是誰，總是有想要休息、逃離的時候。沒有關係的，妳也不需要自責，跟妳相比，我才混吃等死呢！我家家境也普通，我也有一個妹妹，雖然年紀沒差那麼多，但正因為如此更覺得什麼都理所當然，這樣的我感覺以後好像不能成大事呢……」

「你不用特意貶低自己來讓我好過些。」她輕輕地說。

「我不覺得是貶低。有些人身在福中不知福，有些人在泥濘中求生存，但無論是怎樣都好，社會就是要有許多不同的聲音和個性，才能多元呀！」

她歪著頭看我，嘴角淺淺一笑，看來是接受了。

「況且妳也因為短暫的休息而遇到我，這不是美麗的邂逅嗎？」我加把勁，聽起來油嘴滑舌，可是她看起來並不排斥。

「你很會說話呢。」她將臉埋在白雪公主娃娃身上。我以為她哭了，正要伸手摸摸她的頭安慰她，她忽然抬頭，讓我趕緊把手收回。

「謝謝你，禹旭。」說完，她站了起來。

「妳要回去了？」我將最後一口可樂喝掉。

「嗯，該回到現實了。但是多虧了你，我覺得我好多了。」忽然，她直直望著我。

「希望還有機會再遇見你。」

說完，她擺擺手，便往前方跑去。

「妳叫什麼名字？」我喊著。

她的人已經過了馬路。

「下一次，再告訴你。」

原來，我們早就遇見了，只是我沒認出妳來。

范渝祈，妳是寫信給我的人嗎？

15 第二個衝擊

那一天，我雖然等到范渝祈回來，但沒有機會和她多聊，匆匆說了再見。

之後的幾天，她都請假了，我也沒機會問她高一暑假前的那封信是不是她寫的。

我想著，放學後或許可以去她家看看有沒有什麼需要幫忙的，於是繞了一條平時放學不會走的路。

半路上，卻在前方看見熟悉的制服。定睛一看，居然是石乙彤。

她怎麼會走這裡？

難道她要去看范渝祈嗎？她和范渝祈國中時認識嗎？

高一的時候，她和范渝祈似乎沒有交集，所以國中時應該不認識。

何映真說過，她知道范渝祈和石乙彤，但是她們兩個都不知道自己；如果依這樣推理，或許國中時她們三個互相都不認識，也有很大的可能是不同掛，才會到了高一即便同班，也沒有因為畢業於同一個國中而更加熟悉。

如果是這樣的話，石乙彤怎麼會走在這裡呢？

我記得她家是在另一個方向……出於好奇，我稍微保持一個路口的距離跟著她。其實也不算跟著，因為目前走的方向還可以抵達范渝祈的家。

石乙彤並沒有注意到我，就這樣緩步走著。就在一個轉角前，她忽然停下，我趕緊躲到一旁的電線桿後面，偷偷露出半顆頭偷看。

只見石乙彤稍微左右張望一下，居然將百褶裙往上摺起，然後將襯衫拉出來蓋在外面，接著把書包調短，走路姿勢忽然變成七爺八爺那種誇張的模樣。

石乙彤轉彎了，我趕緊跟上去。

這是怎麼回事？她是怎樣？

但就在我一轉彎之時，卻聞到一陣菸味傳來，而前方的巷子中站了一群不同學校的男男女女。我趕緊再次縮回轉角處。

有一些是三流高中、有一些是老是打架的高職，他們手上夾著菸，說說笑笑的，而石乙彤毫不遲疑地朝他們的方向走去。

我的天，石乙彤是怎麼了？她是沒看到那邊有一群混混嗎？要是等一下她被找麻煩怎麼辦？

「喂。」果然，一個金髮男生的下巴朝石乙彤抬了下。

「妳過來這裡。」一旁，染著粉紅色頭髮的女生蹲在地上，還叼著菸。

完了完了，要被找麻煩了！

我趕緊尋找手邊有沒有什麼可以利用的工具，看見被棄置的一些竹子和木板，我隨意抄起一塊木板以備不時之需，然後馬上要衝出去——

「不能抽菸。」石乙彤伸手抽掉女孩手裡的菸。

「蛤？」女孩皺眉。

哇靠，石乙彤妳怎麼回事啦！

「你們——」

「妳還是不抽菸耶！哈哈哈哈哈！」下一秒，那個粉紅色頭髮的女孩放聲大笑，一旁的人也都笑了起來。

「好好好，我們乙彤討厭菸味，大家就別抽了吧！」金髮男孩說著，將菸往地上一丟，踩熄。

一旁穿著超短裙與細肩帶的單眼皮女生則伸手勾著石乙彤的肩膀。「好久不見耶，唉唷，松樹的制服穿在妳身上還真不錯。」

「妳在學校也這樣穿？不會被找碴？」另一個黑髮卻有刺青的男生問。

「還好，不就那樣？反正我成績好，老師睜一隻眼閉一隻眼。」石乙彤聳聳肩，講話的語氣和平時完全不同。

「乙彤以前在聖采成績就超好，但妳頭髮怎麼不跟聖采時一樣全粉？我當時就是覺得妳那樣很好看，才去弄得跟妳一樣，沒想到妳高中就染回來了。」粉毛女嘟嘴，臉上的妝容十分濃。

「我打算之後去染，目前在養髮質。」

「現在髮質也很好啊。」另一個男生伸手摸上石乙彤的頭髮。

「靠，三小，別亂摸！」石乙彤用力打了對方的手。

「哈哈哈，到時候被她男友打我跟你講！」細肩帶的女生大笑。「對了，妳男友還是之前那個嗎？」

石乙彤一愣。「嗯，不是，已經換了，之前哪個我都忘了。」

「很受歡迎齁，從國中開始就一個換過一個，美女就是吃香。」

「也沒什麼不好啊！況且要像乙彤這樣，把男人玩在手掌心很不容易呀～～」

「呿，乙彤怎麼不跟我戀愛看看呢？」

「她不跟朋友戀愛啦！不過乙彤，我們都沒見過妳男友，下次帶給我們看吧？」

石乙彤聳聳肩，一臉無所謂的模樣。「好啊，但下次的可能又和今天說的不同了。老是和同一個交往有什麼好玩的？」

她說完，所有人爆笑，我卻愣在原地。

石乙彤，那個人畜無害、小心翼翼、內向安靜的石乙彤，成績很好、講話小聲、單純優雅的校花。

但如今在我眼前的，卻是一個小太妹。

我還來不及思索自己的震驚到底是不是負面的，那個粉紅色頭髮的女孩忽然注意到我，指著我喊：「你看什麼看?!」

這一喊，不只我嚇一跳，所有人都回頭了，包含石乙彤。

剎那間，她的臉色慘白，連我都能看出來那樣地慘白。

「欸？和乙彤同一間高中耶，巧合還是……」黑髮的刺青男生來回打量。

我想我最好趕快離開，以免陷入尷尬。所以我乾笑了下，準備轉身要走的時候——

「禹旭！等一下！」

石乙彤忽然用我聽過的最大聲量喊出我的名字。那股顫抖與激動，還有恐慌和害怕彷彿與這吶喊化為一體，直衝入我的腦與心。

於是我停下腳步，轉過頭。

石乙彤似乎只是想叫住我，並沒有想到要和我說些什麼。她雙手握捏著自己的裙襬，戒慎恐懼地看著我，彷彿我現在轉過身，她就會哭出來。

看著這模樣，我怎麼可能離開。

「乙彤，妳真的認識喔？」她的朋友問。

「我是她的朋友……」所以我慢慢說，還偷偷放下手上的木板，朝他們緩緩走去。

「真的是朋友？還是什麼關係呀？」細肩帶的女生雙手環胸，上下打量我。「是個帥哥耶！」

「乙彤，妳男朋友？追求者？」金髮男追問。

我看見石乙彤雙眼中的猶豫，張著嘴卻說不出話來。這瞬間，她好像又是我平常認識的那個石乙彤。

只不過是見到熟悉的石乙彤回來，不是剛才那個不認識的石乙彤，我就安心了。不知道哪裡來的直覺，我開口說：「我是她的男朋友，因為她說今天要跟朋友聚會，我擔心，就偷偷跟著來了。」

眾人們高聲尖叫，笑著說終於見到了她的男友。

「她交了那麼多男朋友，你還是第一個讓我們看到的呢！」

「唉唷，好學生耶，小心被乙彤甩掉喔。」

「所以你怎麼追到她的？」

「看起來很弱耶，真的可以滿足她嗎？」

此起彼落的聲音帶著眾多問題，而石乙彤像是失去了聲音一樣，全權交由我一一回應。這群看似不良的學生說起話來，其實和姜哲跟施禾沒什麼兩樣。

最後，在其中一個人必須要去打工後，聚會草草結束了。

我和石乙彤牽著手，直到和最後那個粉紅色頭髮的女生道別後，又走了一段路，我們才鬆開手。掌心充滿手汗，不知道是我的還是她的。

「妳的手，冰冰的。」結果我第一句話居然是這樣白痴的評語。

石乙彤並沒有回話，頓時尷尬穿入我們之中。我咳了一聲，轉過頭看著石乙彤，打算問她一些事情，卻發現她的臉上布滿淚痕。

「對不起、對不起！我不是……」

她哭得太凶，話都說不清楚，我趕緊從書包拿出衛生紙給她。

「妳不要哭了啦，為什麼要道歉？」

「我讓你失望了是嗎……不要討厭我，不要討厭我……」她緊緊抓住我的手臂，大哭得雙腳發軟，幾乎要跪下來。

「我沒有討厭妳，妳不要……」我趕緊彎身要扶起石乙彤，她是有多在乎我的感覺，怎麼會崩潰成這樣？

我怎麼樣都不會討厭她啊，見到她這模樣，讓我內心十分難受。

但霎時，眼前這一幕和記憶之中的某部分忽然重疊了。

我在哪時候見過差不多的場景？

一個女孩哭得聲嘶力竭，然後跪在我面前。

「喂，小姐，很正喔！要不要去唱歌啊？」

那是個炙熱的午後，一個染著粉紅髮色、綁著雙馬尾的女孩，眼尾的眼線勾得性感，漆黑的大眼睛與白皙的肌膚，搭配上過短的牛仔褲和貼身小背心，看得出來年紀和我差不多，卻已經相當有女人味。

不過來搭訕的幾個男生明顯都是大學以上，找未成年女生搭訕不會太誇張嗎？

我一邊喝著可樂一邊想，不過見著這樣打扮如辣妹的女孩，我想她自己應該會很酷地回絕吧！

於是我轉過頭，繼續看漫畫吃薯條，卻沒聽見預料中的拒絕，而是那些男生繼續說著：「好嘛～～就一起唱個歌啊，哥哥請妳。」

「還是妳在等朋友呢？不然朋友到了一起去玩啊！」另一個微胖的男生說。

「不是等朋友吧，我們觀察妳好久，妳一直在看漫畫。」而另一個滿臉痘痘的男生說出很像變態的話。

「你們這樣會嚇到人家啦！我們不是壞人，只是覺得妳很可愛，想一起交個朋友。」看起來還算是個帥哥的人這麼說。

「我、我不用……」

結果出乎我意料，女生的聲音像蚊子一樣，就連拒絕都這麼無力。

我轉過頭去，發現這個空間內只有我們幾個人。這時，我正巧和那個女生對上眼，她的眼中充滿恐懼，還帶著求救訊號。

三個男生順著她的視線看過來，帥哥居然猙獰地對我吼：「看什麼看！欠揍嗎?!」還真的舉起手擺出要揍我的架勢。

我注意到女生都在顫抖了，要是我現在離開的話，她不知道會怎樣……我想那三個人是不至於會做出什麼傷害她的事情，但這樣的狀況本身就讓她很害怕了。

我才國三耶，對方有三個人，同時又比我高大，要是真的怎樣了，我一定是吃虧又會被打得很慘。唉，但能怎麼辦？都遇到了，也只能面對，要是我就這樣逃走的話，一定也會後悔。

「那個……她是我女朋友，請你們不要煩她。」

三個男生先是睜大眼睛，接著哈哈大笑。「男朋友?!少來，男朋友坐這麼遠？」

「我們在吵架，正在冷戰，你們剛來的時候沒發現這一區就我們兩個嗎？」

這三個男生進來時很大聲，當時我特別抬頭看了眼，注意到現場只有我和那女孩。過了大概十分鐘，他們就去找女孩搭訕了。

「好像是耶，所以真的是男朋友？」痘痘男低聲說。

「白痴喔！他亂說我們也不知道。」帥哥脾氣很不好。「只要你們真的是男女朋友，我們就走啊，但你們要證明。」

「要怎麼證明？」我站起來走到他們前面，手裡還拿著要去幫妹妹還的漫畫。

「你說出她的名字，同時她也說出自己的名字，只要名字一樣，那我們就走。」

帥哥的腦子還算不錯，這的確很難。但我思考著要用什麼方法才能快速地揍他們一拳後，又能拉著女生逃離現場、不被追上呢？

還是我乾脆離開，下樓請店員上來處理呢？

當我還在猶豫之時，再次和女孩對上眼。近距離一看才發現她真的很漂亮。那女孩偷偷地比了下放在桌上的漫畫，我也看了眼。不是跟我手裡的漫畫一樣嗎？只是我手裡拿著第三集，而她的是第一集。一瞬間，我明白了她的意思，是要用裡面的女主角當名字是吧！

「好啊，說就說，說完了你們就要遵守約定離開。」

三個男生面面相覷。「說啊！來，一、二、三……」

「莎拉！」

異口同聲，這種絕佳的默契與巧合讓我們兩人相識而笑，而三個搭訕不成的豬哥臉色一陣青一陣白，不爽地離開了。

「謝謝你幫我，你好厲害，馬上就明白我的暗示。」女孩招呼著要我坐在對面。盛情難卻，於是我也回到自己的座位，把托盤端到她的對面入座。「那是我們有緣吧，才會這麼巧，正好看同一套漫畫。」

「這一部現在很紅呀，男主角很帥，女主角也很可愛呢！」女孩笑著，配上過於成熟的妝扮，她的話語和表情還真是十足的少女。

忽然，她微微皺眉。「不過，我不知道男生也會愛看少女漫畫。」

「我只是無聊翻幾頁，這是我妹借的，等等要幫她拿去還。」

「原來如此。但這個真的很好看，這個作者之前也畫過純愛漫畫，就是……」她開始滔滔不絕講起漫畫內容，我沒看過，可是她形容得生動有趣，讓我也聽出了興趣。

當然，聽一個可愛的女孩講話，也是一種享受。

就在討論到一個激動之處時，她的視線看向我的後面，臉色忽然一變，瞬間將桌上的少女漫畫全部推到我這邊，然後拿出手機點開遊戲，還放出聲音，坐姿也變得大剌剌的，整個身體往後歪靠在椅子上。

我對她突來的奇怪行為一頭霧水，同一時間，身後傳來幾人說話的聲音，我回過頭，是一群頭髮染得五顏六色，穿著前衛又裸露的男女，看起來年紀和我們差不多。

「欸？妳怎麼在這裡？」結果其中一個穿鼻環的女生忽然朝我們打招呼。我反應過來，是她的朋友。

「啊，這麼巧遇到？」她放下手機，酷酷地說一聲，那語調和表情跟剛才都不一樣，這是人格分裂？

而這群三、四個人朝我們桌邊走來，不客氣地上下打量我。「這誰？」

「妳說今天沒空，就是要跟這傢伙約會？」

「這種咖小？妳之前不是說妳男友是南區的老大嗎？」

此起彼落的無禮話語不斷傳來，前方的女生只是聳聳肩。「他纏我很久，我今天打算和他說開。這件事不要亂傳，我擔心我男友氣不過會去揍他。」

「也是，看起來就不禁打。」矮小的女孩冷笑。

「太高攀了吧，也不打聽聖采的石——」

「好了，你走吧。」她打斷了朋友的話，對我冷眼一掃。「還有把你噁心的少女漫畫都帶走。」

「靠，一個男的還看少女漫畫。」朋友們大笑。

我看著那女生，忽然覺得滿肚子火。怎麼可以隨便侮辱別人？無論對方跟你的興趣多不一樣，都是他們的自由！我握緊拳頭。

雖然可能會慘敗，但還是要捍衛尊嚴。

這時，我卻注意到了，粉色頭髮的女孩用無聲的嘴形說著：對不起。

她為這些人道歉。這些是她的朋友嗎？

我腦中忽然有了個神奇的聯想——大概是那個吧，我在妹妹的少女漫畫裡看過類似劇情，為了要能融入班上團體，有些女生會佯裝為完全不同個性的人，只為了不被其他女生孤立。她剛才被搭訕時的顫抖和害怕不是假的，講述少女漫畫的興奮神情也不是假的，那此刻在這兒裝模作樣的她，是假的嗎？

我收起桌面上所有漫畫，包括她的，然後一句話也不說地拿起托盤就要離開。

「欸！」忽然間，她又喊了聲，我回過頭，她用力踢了一下腳邊的袋子。「這你沒帶走。」

我一看，那是租書店的提袋，裡頭裝著至少二十本漫畫。

「哇靠！全部都是少女漫畫，是有多噁心啊！」一個女生蹲下來翻閱那些漫畫。

「不知道的人還以為妳借的！」另一個男生大笑，模仿起少女漫畫裡的台詞。

「是啊，這種夢幻泡泡的東西哪適合我，人要活在現實，愛來愛去算什麼。」她不自然地笑著，雙手環胸。

好人做到底，送佛送上天。我折回去拿起那袋漫畫，在眾人的嘲笑中離開。

還真是無妄之災，雖然想起來挺生氣，可又覺得不管最後是怎樣結束，一開始能幫那女生脫離搭訕三人組的糾纏，又能和她聊聊漫畫，也是不錯。

好吧，勉強就當作還算是個愉快的下午吧。

只是現在站在烈日底下，還真的很難開心起來。

我原本的計畫是在麥當勞度過悠閒的下午，傍晚再去還漫畫，順便接補習班下課的妹妹一起去吃晚餐。結果現在比我預估的時間早了整整兩個小時，而且拿著這一袋別人的漫畫，我是要走去哪裡？

我低頭看見漫畫袋上的店名，就在附近而已，乾脆去還書順便打發時間吧！

於是在高溫之下，我提著這十分有重量的漫畫，來到兩條巷子後的租書店。短短五分鐘的路程已經讓我滿身大汗，那個女生剛才也是提著這麼重的漫畫走去麥當勞，想必她是真的很喜歡看漫畫吧？

仔細想想，在朋友面前卻不能坦白說出自己真正喜歡的東西，甚至要汙衊它，隱藏自己，好像也是滿慘的。

我將漫畫全部放到桌上還給老闆，還順便分類一下，把自己的漫畫拿出來。

「才剛借就要還喔？」老闆刷了其中一本的條碼這麼說。

「是喔？那不然先放著好了，她晚一點可能會自己來拿。」

老闆沒多說什麼，我則把自己的漫畫放到背包中，順便又借了幾本少年漫畫，坐在租書店的沙發看起來。

不知道過了多久，一陣巨大的腳步聲急促地傳來，對方似乎還撞到了玻璃門一下。她氣喘吁吁、滿臉驚慌地衝了進來。

「啊……還好你在這裡……」她一見到我，鬆了一口氣，忽然雙膝一軟就跪下了，大哭起來。「對不起……我剛才不是故意的……對不起……」

這一幕讓租書店的所有人都嚇呆了，我趕緊走到她面前要拉她起來，可又覺得貿然拉扯一個不算認識的女生似乎不太好，頓時有些手足無措。

「把女朋友惹哭了就快點哄人家啊！」

「是啊，別冷戰了，像個男人一點。」

「唉唷好可憐，哭成這樣呀！」

奇怪了，怎麼現在又變成在怪我了啦？

場面窘困，我趕緊把她拉起來。「我們去外面吧。」

「對不起……嗚嗚……」

她還在哭，但至少讓我拉了起來往外面去。

老闆一臉看好戲。「這個漫畫怎麼辦呢？」

「晚一點再過來拿！」我說，終於離開這尷尬的地方。

一路上，她抽抽噎噎的，直到來到後頭的紅茶店時，她終於冷靜一點，擦掉了最後的眼淚後，抬頭看我。「對不起。」

「妳已經說好幾次了，先點個飲料吧？」我們進來到現在，服務生已經來問過兩次，但是她一直哭，我只能說等一下，最後服務生還有點臭臉呢。

「我都可以……」

「那可樂好嗎？我最喜歡的。」

「剛才真的對不起。我不是故意的，可是我……」她張口想解釋，卻又不知道該怎麼說明。

「沒關係，我大概知道是怎樣啦。」我把自己的猜測說了一遍，她張大著嘴，最後點點頭承認。

「我喜歡看少女漫畫，更喜歡童話故事，可是我也喜歡把自己打扮成這樣。難道打扮花俏的女生，就一定戀愛經驗豐富？性經驗豐富？敢玩、愛玩、講話三句不離髒話、不懂得尊重別人嗎？」

她邊說邊拉著自己粉紅色的雙馬尾，接著又比了一下自己的穿著。

「當然沒有絕對，可是不否認社會的確有刻板印象，所以……」我聳聳肩，不說好聽話。「妳不也是對刻板印象妥協了嗎？」

她沮喪地低下頭。「對，當我維持這樣的裝扮，在學校時，一些本來就比較……令老師頭痛的學生自然地靠了過來，即便我明明是乖乖牌，但因為外表跟裝扮，讓老師一看到我就把我歸類為壞學生。我第一次考試拿滿分時，老師甚至還懷疑我作弊！不是說鼓勵大家要做自己嗎？為什麼我就因為維持想要的模樣，而被大家另眼對待呢？」

我再次稍微打量她。她無疑是個漂亮的女孩，只要多聊過幾句，也能感覺到她的單純，但因為過於成熟的妝容和服裝，反而吸引了另一群截然不同的朋友，久而久之行為舉止也逐漸受影響。

「他們也不是壞人，對，或許抽菸、講髒話、價值觀有點混亂，可是他們不是壞人，我看見了他們的好，可同時，我也害怕自己變成那樣。」她抓了抓自己的頭髮。「我越來越不知道自己該是什麼模樣了……我認為的我，是真的我？還是老師、其他同學眼中的我才是我？或是在那群被認定為『壞學生』眼中，一樣是『問題學生』的我才是我呢？」

我笑了出來。「好像在講什麼繞口令。」

她鼓起臉頰。「我很認真！」

「我知道啦，只是這個問題很簡單呀。」我喝了口可樂，手肘撐在桌子上。「妳只要問自己在什麼時候是開心的，就好了啊！」

「開心……我任何時候都很開心啊……」她喃喃自語著。

「無論是假裝之後和剛剛那群朋友在一起，或是單純地看自己喜歡的漫畫，又或者被老師和其他同學誤會的時候，都很開心嗎？」

忽然間，她又熱淚盈眶起來。「我不知道……我最害怕的是，連自己都不知道自己到底想要什麼。或許我是告訴自己要快樂，我強迫自己……但我又做不出改變，只能隨波逐流……」

「其實那也沒什麼不行。」我看著她一直沒動的可樂，催促著她先喝一、兩口緩一下，接著說：「我看過一種說法，慢慢來、慢慢摸索，總會找到自己合適的模樣。」

「自己合適的模樣？」

「嗯，無論妳喜歡什麼樣子，無論外界怎麼看妳，總有一天，妳會找到平衡，也能欣賞自己最真實的模樣，同時，也會有人被那樣的妳吸引。」

「這感覺很難，好像一輩子都不可能。」她苦笑。

「所以說總有一天呀，假設妳可以活到七十歲好了，那現在才……」我停頓一下。

「十五歲。」

「喔，國三？我們同年耶！」我比了個讚。「現在才十五歲，那還有很長的五十五年，難道這五十五年間妳都不會改變嗎？世界不會有變化嗎？妳不會成長嗎？這樣的話，就是妳的錯囉。」

她被我的話給逗樂，終於擦掉眼淚，笑了出來。

「謝謝你。」她喝了一口可樂。「你叫什麼名字？」

「我叫禹旭，小松國中。」
「那你想考哪裡的高中呢？」
「松樹吧，離我家很近，方便。」我哈哈笑著。原本想問一下她的計畫是哪一間，但嘴上說著不要以貌取人之類的話，不過看著她的外型，某種程度上也覺得可能不是愛念書的人。
對於會這麼想的自己，我感到有點可悲。
「是喔。」她思考了一下，站起身。「謝謝你，禹旭。」
「妳要走了？」
「嗯，下次有機會再見的話，再請我喝可樂吧。」她對我揮揮手，笑著離開。
那個綁著粉紅色雙馬尾的女孩，此刻與我眼前的石乙彤重疊了。
我蹲下扶起她。「妳就是當時那個女生嗎？」
她頓時愣住，臉上依舊布滿淚痕。「你、你想起我了嗎？」
「妳怎麼變成現在這樣呀？」我忍不住笑出來。黑色頭髮，到膝蓋的裙子，總是安安靜靜地幫老師做事情，跟那時的她完全不一樣呀。

「因為、因為我不想再被誤會……」

「說好的做自己呢？」我將她從地上扶起來。她還是沒變呀，總是哭得這麼誇張。

我帶著她走到一旁的長椅坐下，抽了幾張衛生紙讓她擦臉。

想到當時我還以為她是不愛念書的人，沒想到成績比我還優秀，真是再次對當時的自己羞愧。

「所以妳高一就知道是我了嗎？」

「嗯。」她點點頭。「畢竟你有告訴我名字。」

「那為什麼不跟我說呢？」

「因為……」她咬著下唇。「你好像不記得我了。」

「呃……因為妳變了很多。」我不好意思地抓著頭。原來卓舒予說的是這個，我和三個女生過去都有一段。

所以何映真的事情，或許也是差不多的狀況，只是我還沒想起來。

「但我現在想起來了。」

「嗯，所以，謝謝你。」她微笑著。

此刻的氣氛忽然有些曖昧，我不禁咳了一聲。

「但是妳剛才還是在跟朋友裝模作樣的，為什麼不老實告訴他們，其實妳並沒有交過很多男朋友，也不是那麼喜歡用那種方式講話，不是嗎？」

「為什麼你會覺得我沒交過很多男友呢？」

「直覺跟推理。」還有她整個人的氣質和感覺。

她呶呶嘴，對於被我看透了而不甘心。

「何況如果妳真的交過很多男友，那我們學校這麼八卦，一定會傳遍大街小巷的。」我哈哈笑著，同時，手機傳來一陣震動。

我拿出手機一看，是一組沒看過的號碼。所以我按下拒絕，不打算接起。

「你要不要接電話？」

「應該是什麼廣告電話吧。」我聳聳肩，把手機放回口袋。

石乙彤點點頭，繼續問：「你去聖采，有什麼特別的事情嗎？」

「我去了一趟漫畫社。」

「漫畫社？為什麼？」石乙彤瞪大眼睛。

「有一些私人原因，然後從卓舒予那邊買了一本漫畫。」

電話掛掉後沒多久，來電馬上又響起。我再次掛斷。

「你見到卓舒予了?!」她再次大驚失色。「她有說什麼嗎？」

我頓了下，既然都講到這裡了，乾脆就直問吧！「這是我想問的，關於——」

而這一次，手機震動並不是來自於陌生號碼，而是簡訊，上頭寫著：「**接電話，我是何映真。**」

她有我的手機號碼？

「何映真找你？」在電話不斷的情況下，石乙彤下意識看了眼我的手機。一見到來電名稱之後，她的雙眼明顯黯淡下來。「她打了很多通，說不定是有什麼急事。」

「妳以前國中和何映真認識嗎？」我問。

「不認識，但是她很有名，成績很好，而且還——」手機又響起，她閉上嘴。「你要不要先接電話？」

「不好意思。」我對她道歉後，接起了何映真難得的奪命連環叩。

何映真劈頭就問：「你在哪邊？」

「怎麼了？有急事嗎？」

「對，你快過來漫畫店這邊！」她的聲音聽起來很急。

「發生什麼事？」這下子，我也忽然緊張起來。

「漫畫店要關了！」

16 第三個震撼

連忙和石乙彤道歉後，我趕緊騎上租借的腳踏車衝往漫畫店。除了漫畫店無預警忽然關門的消息之外，就是何映真的聲音聽起來太過慌張。

這大概是我第一次聽到她的語氣有所謂的「高低起伏」，況且漫畫店裡頭還有我的押金，要是老闆忽然跑路，我就損失慘重了。

急忙來到漫畫店附近，匆忙還了腳踏車，我大步奔跑起來，在轉角處看見何映真緊張地來回踱步。

「禹旭！」她一瞧見我便大喊，我喘著氣來到她面前，看見她毫無血色的嘴唇。

「怎麼回事？」

「我不知道，我要去補習的時候就看見漫畫店老闆在整理漫畫，還在做拍賣，貼了張紅色的紙寫了租約到期日。」她雖慌張，倒也講得有條理。

「我們快點去看看！」我立刻就要往漫畫店跑去，卻注意到何映真沒跟上來。「怎麼了？」

「你去就好，我還要補習。」這時，她說出奇怪的話。

我看了一下手錶，距離她該補習的時間早就過了一小時，補習都要結束了。看著她不安地晃動的模樣，我又發現了另一個矛盾。「奇怪，妳怎麼會那麼在意漫畫店的狀況？妳之前不是說漫畫是壞東西？」

「我只是……剛好看到。」她的話真是矛盾無比，不在乎的話怎麼可能特地打電話給我？

「不要再探究這個，在等你的這一小時，我看已經很多人去搬漫畫了，說不定老闆之後就不會再來了。」

被她這麼一說，我也趕緊過去。果不其然遠遠就看見漫畫店老闆在騎樓忙近忙出，那邊也有一群學生。

「老闆！」我喊了他。

老闆一見到我便打招呼。「我才要打電話給你，叫你過來拿剩餘的押金呢！」他邊說就邊往店裡頭走。

我環顧周遭，也順便瞥了一眼店內，架上的漫畫都已經清空，就連沙發也搬走了，放在騎樓的漫畫攤也幾乎銷售一空。

「老闆，你要關店了？」我震驚不已。這家租書店開了好久，幾乎是我第二個家了，如今也是這附近唯一的租書店，要是以後沒了，我還能去哪裡？

「唉，書市不好，網路發達，越來越少人看實體漫畫了。為了熱情撐著也虧損了多年，差不多該關掉了，這就是時代的變遷。」老闆說得坦然，雖然無奈，卻也能接受。

「那、那……」我說不出任何挽留老闆的話，這是他的決定，況且我也不能為了自己的捨不得，就要一家店承受虧損地經營下去。

最後只能變成一句：「我會很想念你的……」

老闆哈哈大笑，用力拍了拍我的肩膀。「謝謝你啊！這麼多年來一直支持著這家店，我也算是看著你長大啦！」

講著講著，我還有點鼻酸，無法想像這裡不是漫畫店之後的模樣。

「不過別擔心啦，以後還是可以看到我。」

「哦？老闆要去哪邊開漫畫店？」

「不是，我兒子會續租這家店，但是他會賣早餐，以後你多個地方買早餐了。」

「原來如此，那這樣老闆算是退休了。」

「是啊，賣不掉的漫畫，我會放在早餐店的書櫃裡頭，也算是一種傳承吧？」老闆的話十分溫暖。

但忽然間，他看向我後方，先是瞇起眼睛，似乎在想些什麼。

我跟著回頭，瞧見何映真躲在轉角那裡偷看。依照她的行為，大概是一種她以為自己躲起來了，但我們卻看得很清楚的微妙狀態。

「那個女生好眼熟啊……」老闆低聲自言自語。

「她就在隔壁補習，老闆可能看過吧。」我比了比後頭正好下課的補習班，那邊的學生也朝這裡走來，準備看看有什麼漫畫可以買回去。

「不是、不是……總覺得……」

老闆邊說邊走進漫畫店，我也跟著進去，拿了退回的押金。

「躲在轉角、矮小的個子、肉肉的身材……」

我聽到這裡忍不住笑了。「老闆，何映真並不胖啊？」

老闆猛然睜大眼睛，一手握拳搥了搥了另一手的掌心。「何映真！對啦！就是這個名字啦！」

「什麼？」我被他嚇了一跳。

「畫那個漫畫的妹妹，就是何映真啦！」

老闆的話讓我大吃一驚，下一秒，老闆卻比我更快從櫃檯裡跑出來，衝往何映真躲起來的地方。

「等我一下！」我也立刻想追上。

「老闆，我要買這套漫畫……老闆呢？」這時，其他學生卻拿著漫畫要進來付錢，我總不能就這樣放著吧？

「啊……」我只好看一下漫畫上面的售價，收下了錢，在櫃檯這裡等著老闆回來。

我剛才沒聽錯吧，那套外星人漫畫是何映真畫的？

她這麼討厭漫畫，卻又畫漫畫？

不，正是因為深深愛過，才會如此厭惡，是這個道理嗎？

好在沒多久，老闆就帶著何映真走了回來。她看起來十分彆扭，雙手緊緊握著自己的裙襬。

「妹妹，就是他買下了妳國中時期放在這裡的漫畫，而且讚譽有加喔！妳一直沒回來，我都沒辦法告訴妳這個好消息。」老闆像是在介紹自己引以為傲的孩子一般。「禹旭，就是她，你一直在找的作者。」

我和何映真彼此對看。明明認識這麼久了，此刻卻是用另一種身分會面，感覺非常奇怪。

「啊，你幫我顧店啊，真是謝謝你。」老闆邊說還邊抽出了一百塊給我們，要我們這對書迷和作者好好聊一下，說是他招待，之後就去忙自己的大拍賣了。

拿到意料之外的一百塊，我決定回饋老闆，挑了一本我很喜歡的單行本，然後對何映真說：「我推薦妳看這本，妳也選一本妳喜歡的漫畫推薦給我吧。」

她似乎很猶豫，最後拿了一本世界末日的單行本，結帳以後，我們買了兩瓶可樂來到對面的公園。

「這本是講述一個人從監獄出來以後，遇上絕望的事情，過程很痛苦，最後卻是一個帶著希望的結局。」我將手上那本單行本遞給她。

「那這一本是畢業旅行那天，卻忽然發生了世界末日，男主角要想辦法在毀壞後的世界生存下來，是個絕望的故事，而最後……還是絕望。」她低著頭，沒有往常那般冷淡，看起來更顯無助。

「嗯，那我們看一下漫畫吧？」我又看了一下手錶。「妳趕時間嗎？」

她輕輕搖頭，似乎深吸了一口氣後，才打開了漫畫。

「這是我們第二次一起看漫畫了。」她輕輕說著。

一開始，我以為她的第二次是包含搶漫畫的那一次。

但就在我們靜靜坐在長椅上翻閱漫畫時，微風吹過來，紙張被風吹得翻動的聲音，以及旁邊的女孩，還有兩瓶可樂並排的景象，配合著老闆剛才所說的那句「肉肉的身材」，我抬頭看了一旁的何映真。

她的側臉，與另一個女孩重疊了。

那是國三第一次考試成績放榜的那天。依照我的成績，要進入松樹高中完全沒問題，所以我依慣例租了好幾本漫畫，然後來到公園翻閱。

放榜當天總是幾家歡樂幾家愁，就在我提著一袋漫畫來到公園時，見到了平常坐著的椅子上有個人，一個穿著聖采制服的女生似乎正在哭。

大概考不好吧，我內心這樣想。

為了不打擾對方，我只好換了位置，找到另一邊靠近水池的長椅，就這樣一邊看漫畫一邊享受午後陽光，還喝著可樂，著實愜意。

不久，當我起身活動筋骨並伸展四肢，舒緩痠痛的脖子時，我注意到剛才那個聖采的女生還維持同一個姿勢哭著。

這也哭得太久了吧？

我張望了一下，似乎沒有她的朋友，讓我忽然有些同情。成績考不好也沒關係啊，還有第二次嘛！

雖然由我這個已經篤定有高中可念的人來說不太有說服力，甚至還有點嘲諷，但我認為同年齡的我，也該安慰一下戰友。

所以我咳了聲，提著那些漫畫，又去販賣機買了一瓶可樂，站到那女生面前。「那個，同學。」

她哭聲一頓，抬起頭來，素淨的臉上全是淚痕。也許是因為長期壓力或是其他原因，她稚氣的臉上布滿了青春痘。

「我看妳在這邊很久了，一直哭又不喝水，會流失水分喔。」說完後我才覺得好蠢，自己手上拿的是可樂，也不是水。

她似乎被我突如其來的搭話而搞得不知所措，拿起一旁的袋子就要跑，但因為腳步不穩，一起身就往前一跌。而這一跌，不只袋子裡的參考書全部灑出來，連她的裙子也因為向前撲而飛起來。

頓時，她的內褲和大腿就這樣春光外洩。我趕緊摀住眼睛。「對——」

「對不起！髒了你的眼睛！」

下一秒，她卻說出意料之外的話，

我放下了遮掩的手，發現她蹲在地上收拾那些東西。

「是我對不起，不該嚇妳。」我也趕緊蹲到她身邊幫忙收拾，忽然發現她的膝蓋和手掌都擦破皮了。

「妳受傷了？」

「沒關係，我馬上就離開。」她還真的馬上要走，我卻執意拉住她。

「要先清洗傷口才行，我們去那邊的漫畫店……」

「不要！」她抗拒不已，音量大得我愣住。她趕緊摀住嘴。「我是說，不用這麼麻煩，我回家就好……」

「不然妳去旁邊的水龍頭洗一下，然後我去借ＯＫ繃和面速力達母，妳在這邊等我好嗎？」

「不用……」

我立刻把手上那袋漫畫放到長椅上。「妳在這邊等我，幫我顧漫畫！」

說完我就跑開，不讓她有拒絕的機會。或許這樣有點自我，但總覺得她無法令人放心，尤其明明自己跌倒了，卻還跟我道歉。

我立刻和漫畫店老闆借了藥品，回到公園，她果然沒有離開。我鬆了一口氣。

「你怎麼能把東西就這樣放著然後跑開呢？」

「不這樣的話，妳就會跑走吧，有時候還是要強硬一點。」我聳聳肩，打開了面速力達母。

「我就說了我回家搽藥就好……」她固執地不肯露出傷口。

「除非妳家就在隔壁，不然等回去再處理，不怕留下疤痕喔？」

「無所謂吧，反正我又胖又醜，誰會在乎。」她握緊手，指甲都陷入擦傷之中，看得我都痛了。

「幹麼這樣說自己？」我皺眉。

「別裝了，人都是這樣的，只看外表，不是嗎？原本我唯一的優點是成績，但這次居然失利……都怪我……妄想要做自己想做的事情。夢想之所以為夢想，就是因為那是夢……」說完，她又哭了起來。

「妳先別哭啦，我看妳是念聖采的，那裡的水準不是很高嗎？就算吊車尾也是佼佼者吧？」

「你要當小池塘中的大青蛙，還是大池塘中的小青蛙呢？」她看了一下我的制服。

「小松也是水準平平的學校，真好，真羨慕你們……」說完這句話，連她都發覺了自己的失禮之處。「抱歉……」

我聳聳肩，倒不是真的不在意，只是體諒她的壓力。

因為她說錯話，反而乖乖坐了下來，讓我幫她清理傷口。貼上ＯＫ繃後，我從漫畫袋中拿出了第一集給她。「這個很好看喔。」

「我沒時間看漫畫……」

「今天放榜，不管怎樣，都已經放榜了，也需要短暫休息一下吧！」我再次推了推手上的漫畫。「這短短的半小時，看一本漫畫也無傷大雅吧？」

說完，我坐到她旁邊。她接過漫畫，但遲遲沒有翻開，我則拿出自己看到的集數，自在地看了起來。

微風吹動漫畫頁面，她深吸了一口氣，也翻開了漫畫，隨後傳來隱隱的啜泣。

我沒有安慰她，只是偷偷瞄了瞄她的側臉。

忍著眼淚的她看起來令人心疼，於是我打開了可樂交給她，沒有過多的關心，就這樣靜靜看完了手中的漫畫。

時間也快要六點了，雖然夏天的天色暗得晚，但也差不多到了該回家的時間。我將漫畫放回袋子之中，打算順路拿去還，而她也放下手上的漫畫。

「你覺得夢想和現實，哪個更重要呢？」

「啊，這個問題啊……」我想了下。「妳覺得呢？」

「我很想說一樣重要，但是為什麼……所謂的夢想，還有貴賤之分呢？」

「貴賤就太言重了……」看著她沮喪的臉色，難道不是為了成績而難過嗎？「妳的夢想是什麼呢？」

「畫漫畫。」她苦笑。「很適合我吧，又胖又醜，完全適合我這樣的人……」

「妳這麼說對漫畫家就太失禮了！」我趕緊制止她。「漫畫很好呀，我就很喜歡看漫畫。」

她看向我。「你知道即便是在日本，能成為廣為人知的漫畫家，機率是多少嗎？」

「我看過《爆漫王》，我知道——」

「那在台灣呢？」她看著我。「這個職業能養活自己嗎？」

「這……」

「有夢很美，但生活才是現實。」接著，她把漫畫放回我的袋子中。「但是，謝謝你的鼓勵。」

「妳有作品嗎？」我問。

「有，但又如何……」她的雙手顫抖。「全被我爸媽銷毀了。」

「銷毀？太誇張了吧！」

「他們說打醒孩子不切實際的夢想，是身為父母的責任。」

「是、是沒錯，但那麼做也太傷人，一定有其他更……」

「也許我沒有天分，所以只能更加努力。」

「是呀，等到我們長大之後，就有餘裕可以追求夢想了。」我只能說著毫無幫助的鼓勵。

「我說的不是漫畫。」她起身。「但是謝謝你。」

我覺得自己並沒有幫助到她，但在那個當下，我什麼也說不出口。

直到我們走到公園門口，與她要道別時，我忽然喊住她。

「欸，我喜歡看漫畫，我想我會一直看下去。」

她停下腳步，不明白我的意思。

「所以如果哪一天，妳又有作品了，請一定要拿給我看，好嗎？」

「我要拿去哪裡給你看？」

「雖然剛放榜，但我認為自己會考上松樹高中！」我驕傲地說。「我叫禹旭。」

聽到這句話，她些些睜大眼睛，接著是一抹微笑。「那還真是巧。」

「妳說什麼？」

「希望有天能夠再見到你。」

但是她的神情看起來，像是遙遙無期。

「不要放棄。」

她淒楚地對我微笑了下，離開了我的視線。

那個女生，就是何映真嗎？

「妳瘦了？」我驚訝地說。

她翻了個白眼。

「這就是你想起來之後的第一個感想嗎？還說要看我的漫畫，結果連我是誰都沒想起來。」

察覺到自己的失禮，我乾笑。「不是，是真的很難聯想起來，況且我也真的在因緣際會下看到了妳的漫畫啊！」

「嗯哼。」她點點頭，看起來有點害羞，卻努力忍著不要笑出來。

「那個外星人的漫畫，是在我們見面之前，還是見面之後拿去賣的？」

「見到你之前就拿去了，當作是對漫畫夢想的告別。」

「為什麼？妳畫得真的很好，不論是功力或劇情都非常棒！」之前鼓勵她的時候，我還沒看過她的任何作品，因此說得沒什麼說服力。但如今看過她國中時期的作品，明白了她真的有實力。

「我只是認清了現實。」她幽幽地看著前方。「現階段對我而言，最重要的是念書，取得好成績、好大學，是學生的本分。」

「這好像老師才會說的。的確是很重要，但自我也很重要啊！」我持續鼓勵。「妳成績已經很好了，也許利用課餘的時間持續畫畫，也能——」

「不要說得那麼輕鬆！」她忽然大吼，我愣住了。「我花了多少努力，才能擁有這樣的成績？大家總是學霸、學霸地叫我，但是我不是！我拚了命地念書，犧牲睡眠、犧牲玩樂、犧牲一切，才有辦法維持這樣的成績！」

「這……」

何映真挫折地捂住自己的臉。「我不是要把氣出在你身上，我只是累了，覺得自己什麼都做不好。成績無法拿第一，自己的夢想也沒辦法堅持，我永遠都在為自己的無能找藉口！」

「何映真，要我說明白妳的痛苦和掙扎，太過矯情了，但是妳不要否定自己的一切。」我伸手拍上她的背。「如果妳已經很努力了也拿不到第一，那就不要努力呀。」

她抬起頭，不可思議地看向我。

「你怎麼會這樣說？不是應該叫我再更努力一點嗎？」

「汽車沒油了，手機沒電了，也是沒辦法的事情，不是嗎？就是需要休息、需要充電、需要加油。我的意思是說，那些沒生命的東西都會停下來了，何況是人類呢？」我的手伸入口袋，抽了衛生紙遞給她。「所以說，也許妳該試試看不要努力，放空、當爛泥之類的。」

「我怎麼可能那樣做？」

「我從妳的漫畫之中，感受到了沉重的壓力，還有強烈的故事情緒，那一定是妳累積下來的經驗，才能傳達出來的深刻情感。也許妳該這樣想，妳遭遇的一切痛苦，或是瀕臨崩潰的邊緣，都是為了讓自己創作出更多元的作品。」

如果沒有痛苦，是無法在青春時就創作出那樣的作品。

我把她剛才推薦的漫畫打開。「連帶妳喜歡的漫畫，也是絕望中的絕望。但是，妳不要去想故事的結局是絕望，妳要想的是這個作者，他畫出了這樣的故事然後讓妳看到、讓妳感同身受、讓妳想要推薦給我。」

那種共鳴，才是創作的目的。

在無形之中，與素昧平生的人心靈連結，無論得到的是鼓勵，還是慰藉，又或是眼淚，那都是觸動人心的作品。

「就像我看了妳的作品，只想找到妳一樣。」我不知道自己這番話能不能讓何映真稍微有些安慰，可至少講出了自己想講的話。

「我喜歡妳的作品，如果可以的話，我希望未來還有機會看下去。」

「禹旭，你真的好奇怪。」她扯了扯嘴角，但總算是笑了。
「所以說，要不要再一起看更多的漫畫？」
「嗯，下次有機會的話。」她起身，捏緊了我送給她的那本漫畫。「我聽卓舒予說你去了漫畫社，看見我畫的外星人。」
這次換我瞪大眼睛，她是第一個主動提起漫畫社的人。
「對，妳以前也是漫畫社的吧？」
「嗯，那時畫畫對我來說既是快樂，卻也是痛苦；我明明喜歡，同時卻也厭惡。這種矛盾的心情，直到現在也很難解釋得清楚。」
那封信是妳寄的嗎？
我只要問出這一句。
「我買了卓舒予的漫畫，裡頭提到了一封信。」
「啊……那封信啊。」說完，她淡淡一笑。
「那是妳告訴她的故事嗎？」
「是，我想在漫畫之中，有點希望讓我期待。」何映真站了起來。「禹旭，能再次遇見你真是太好了。」

「那封信是——」話到此處，我的手機響了起來，是妹妹打來的。「等我一下。」

我對何映真比了比，接起電話。「喂，我現在在忙——」

「哥，漫畫店居然要收了！天啊，快點幫我買漫畫回來！」慢半拍的妹妹在電話那頭吼著。

「妳在附近嗎？」我朝漫畫店的方向看過去，果然見到她在那裡亂竄。

「對！快過來幫我付錢！」如此不要臉。

「欸，我現在……」我抬頭看了看何映真，她微笑著對我揮手，無聲地說「掰掰」，便轉身離去。

雖然她和以往完全不同了，但是此刻的背影，卻和那時的她重疊了。

◆ ◆ ◆

翌日，陽光普照。

昨天噴了快一千塊幫妹妹結帳買漫畫後，我當起工具人，提著一大堆漫畫回家。明明解開了三個女生與我的過往回憶，但我還是沒找到寫那封信的人。

我打著哈欠，走在往學校的路上，卻見姜哲站在校門口等我。

「你怎麼在這裡？」我伸手勾住他的肩膀，卻發現他似乎不太高興。「怎麼了？」

「欸，你偷偷來喔。」他眯起眼睛，把一封信交給我。

「這什麼？」

「我剛才遇到石乙彤，她要我把這封信給你。」他哀怨地說：「你們現在是怎樣啦，真的在一起要講欸！」

「白痴喔，沒有啦。」我趕緊把信塞到書包。「上課啦。」

「是兄弟就老實說喔，雖然我高一好像喜歡過她，但你們如果要在一起，也不要顧慮我。」姜哲話鋒一轉。「相反地，如果我要追你妹，你也不能有意見。」

我立刻用手肘頂他。「靠！你那天不是說沒可能？」

「今天變成有可能不行喔?!」他說得理直氣壯。我們就這樣打打鬧鬧地來到教室。

施禾已經在教室裡，吃著早餐，對我們揮手招呼。

「早啊。」我們三個聚在一團吃起早餐，施禾從抽屜拿出一封信。「這范渝祈剛來說要給你的。」

「范渝祈來上學了？」我驚訝地接過那封信。

「欸是怎樣啦，同一天有兩個女的給你信？是怎樣？」姜哲大喊。好在班上還沒什麼人，我趕緊要他閉嘴。

「不要在那邊亂講亂猜。」我趕緊接過信，回到自己的位子上，塞進抽屜裡，同時間卻發現裡面還有一封信。

我拿出來並翻到背面，上面寫著「何映真」三個字。

多事的姜哲又湊過來，大聲說：「何映真？高一和我們同班那個何映真？所以她上次來找你是真的有什麼嗎？」

「禹旭，你該不會腳踏三條船吧？」施禾嘖嘖稱奇。

「快打開，看看寫了什麼？」姜哲急得想搶過我的信，但我立刻收手。

「吃你們的早餐吧！」

我趕緊把三封信都塞到衣服裡面，朝教室外頭跑去。

「欸，還有暑假前那一封，是誰寫的？」姜哲追出門外，站在教室前大喊。
「我哪知道！」我回話，奔向樓梯。
直到確定姜哲沒有追上，我才放心地停下，拿出三封信。
粉色的信封配上白雪公主的貼紙，這是范渝祈的信。

禹旭：

抱歉讓你擔心了，也謝謝你的幫忙。
總是讓你看到我丟臉的一面，真是不好意思。
我有些話想告訴你，如果方便的話，午休鐘響時，你可以來球場嗎？

范渝祈

藍色的信封上貼著可樂的貼紙，這是石乙彤的信。

禹旭：

你想起我這件事，對我來說格外重要。

一直以來我都想謝謝你。

我有話想對你說，不是感謝。

如果可以，中午休息時間，你可以來音樂教室一趟嗎？

石乙彤

白色的信封用普通的膠帶封起，下方畫著Q版外星人。

禹旭：

久未畫圖，看起來真的生疏了。

重畫自己曾經創作的角色，足以讓我心情愉悅。

謝謝你的鼓勵，不論以前或是現在。

謝謝你喜歡我的作品，這對我來說非常重要。

我有話想當面告訴你，吃完午飯後的休息時間，方便來美術教室一趟嗎？

何映真

在這個瞬間，我有了前所未有的感應。

我大概能夠猜到，她們要說的話是什麼。

那我呢？

我給她的鼓勵，是出自於什麼？

是朋友之間的鼓勵？

還是超乎朋友的情誼？

她們三個女生，在高一的時候都不熟悉，但是她們卻一直記得我，看著我，直到現在，我才想起她們是誰。

或許，我心底深處明白，那封信是誰寫的，並不重要；又該說，我希望那封信是「她」寫的。

對於她們兩個，我都是出自於善意的鼓勵與幫助。

但是對於她，我是有著私心的。

可能還不夠強烈，但足以讓我前往赴她的約。

我將信收好，回到教室，無論姜哲和施禾怎樣追問，我都置之不理。

直到吃完午餐，午休鐘響後，聽見大家的鼾聲傳來，我才從桌面上抬起頭，躡手躡腳地走出教室。

我必須去見她，只有她。

她大概就是寫那封信給我的人。
而我，也希望是她寫的。

前往球場↓第230頁
前往音樂教室↓第247頁
前往美術教室↓第262頁

17 最深的希望

〈城裡的月光〉
演唱：于台煙／作詞、作曲：陳佳明

只有她一直在我的腦海中，無論是她哭泣的模樣、故作堅強的模樣、想暫時逃離責任時的模樣。

范瑜祈，我希望那封信是她寫的。應該說，不是她寫的也沒關係，這幾天一直讓我懸在心上的就是她。

我立刻往球場的方向去，一邊急切地想著，她會不會離開了，同時也傳了訊息告知另外兩個人，自己不方便過去。

午休時間的校園十分安靜，我一面小心別讓自己引起別人注意，但又不自覺地加快了腳步。

當我終於到了球場，只見范瑜祈一個人孤孤單單地站在烈日下的球場中央。她站得筆直，宛如荒蕪中的一棵樹，如同她一直以來給我的感覺一般，與我同年的女孩，卻獨自扛起家裡的重擔。

我喘著氣，擦去了臉上的汗水，才緩緩走向她。

聽見我的腳步聲，范渝祈抬起頭，瞧見我之後，漾開笑容。

這瞬間，我心跳加快，從來沒想過有這麼一天，這個世界會因為她的笑容而變得更加閃耀。

不，很早以前，她的一顰一笑就都牽動著我，只是在這一刻，我才願意承認。

「這邊太陽很大，妳怎麼不在有遮陽的地方等我呢？」我止不住笑容。

「我想感受一下陽光。」范渝祈說著，些微低下頭。「禹旭，我可以問，你為什麼過來嗎？」

「妳寫了信給我。」我說：「所以我過來了。」

「你知道我想對你說些什麼嗎？」范渝祈毫不遮掩，落落大方，不用等我的回答，她美麗的雙眼盈滿淚水。

「大概……知道。」我定睛望著她。

「我想跟你說，謝謝你，即便你不知道，也拯救了當時的我。」

她落下眼淚，訴說了她的心情。

那是她最痛苦難耐的一段時光，也許是課業的壓力，又或許是周遭的朋友都還是爸媽眼中的小公主，她卻已經成了小大人。

人總有一天都會長大，但是她在該是孩子的時候，已經被迫長大。

她不能發脾氣，因為她是姊姊。

她要幫忙家裡，因為她是姊姊。

她煮飯、洗衣、哄弟妹睡覺、教他們功課、幫弟妹洗澡、泡奶粉等等，因為她是姊姊。除了她，沒人可以幫忙爸媽了。

那小小的身軀連水桶都提得很辛苦，卻已經要抱著襁褓中的弟妹。

她從來不覺得辛苦，因為自從懂事開始，這些事情就是理所當然了。

畢竟爸媽努力賺錢，身為姊姊，也要幫忙分擔。

只是有一天，當班上的同學討論著自己拿到了什麼聖誕禮物時，即便他們都知道聖誕老人只是爸媽假扮的，依然熱衷於分享、討論與炫耀。

「我沒有禮物。」范渝祈說。「但我有爸媽和弟妹。」

她由衷之言在他人耳中聽起來，像是一種無能為力的接受，被同情的難堪在那一刻表露無遺。

「這個送給妳吧，讓妳綁頭髮。」當時，班上最漂亮的小公主好心把頭上的美麗髮圈送給她。

她紮起了長髮，但那美麗的閃亮髮飾，卻與她瘦小又黝黑的模樣不搭，尤其上一秒那髮飾還別在一個漂亮得宛如公主的女孩身上，下一秒卻來到了灰姑娘頭上，怎麼會好看呢？

「好像竹竿。」幾個女生開玩笑。「范渝祈不適合可愛的裝扮啦！」

「而且她家很窮，不適合戴這個。」

「對啊，那個看起來很貴，小公主比較適合啦！」

那一瞬間，范渝祈紅了臉。

原來世界上有合適和不合適的事情，有合適和不合適的人。

她回家後，想和爸媽分享這難過的心情，可是他們忙於工作，自己還要張羅弟妹的一切。雙胞胎在范渝祈餵食的時候拉扯她的長髮，美美說著要幫她梳頭髮，卻弄得打結了起來。

好不容易等到媽媽回來，弟妹也已經睡著，她想，終於能夠當回媽媽唯一的女兒，向她發些牢騷與不安。可是媽媽看起來很累，伸手抱了抱范渝祈，說：「謝謝妳，優秀的姊姊，謝謝妳打理好一切，不讓媽媽心煩。」

於是范渝祈把那些話吞回了肚子，在媽媽問了今天過得如何時，只說了一句：「很好呀！和平常一樣。」

「那就好。」媽媽打了哈欠，沒有多問，甚至連她打結的頭髮都沒注意到，便進房睡覺了。

那一天晚上，她走出了擁擠的家中，站在空蕩蕩的樓梯上，看著底下的萬家燈火，覺得非常孤寂。

從此，她剪去長髮，高眺的身高和黝黑的肌膚，也隨著短髮成了帥氣和受歡迎的同義詞。

「然後，升國中時，因為補助和加分的關係，我能拿一部分的獎學金進入聖采。在小學的經驗讓我有意無意地隱藏自己家中狀況，同時我也發現當個『男孩』在女校非常吃香。」范渝祈拍著籃球。

即便她不是真的那麼喜歡籃球，不那麼喜歡運動，卻發現這麼做，她能在學校得到認同、得到關注，成為明星人物。

「我明明喜歡那些漂亮的髮飾、耳環、洋裝和化妝品，可是那些都『不適合』，就連喜歡一個人，對我來說也是不適合的事情。」

「范渝祈，妳不要這麼想。」我上前握住她的手。

對於我的舉動，她顯得訝異，但又不是那麼意外，很快地反握了回來。

「然後我就遇到了你，在我最難過、自我懷疑的時候，遇到了你。」

那場園遊會，她們班上的活動雖然是化妝舞會，卻是惡搞類的，真正的標題是「恢復成女孩」。那一天，她們班上邀請了許多T，說是要幫她們恢復成女生的面貌。

大多數的人覺得好玩，就連許多T也躍躍欲試，只是當范渝祈自己也被算在內的時候，不免感到心傷。

即便很多女生跟她告白，她也明白告訴大家，自己對女孩子並不感興趣，中性外表只是因為方便打工和照顧弟妹。

然而，她的朋友們還是把她算了進去，她臉上笑著，讓大家為她打上粉底、戴上假髮，也曾有一絲絲的希望，或許，這一次的她裝扮起來，會更可愛、更漂亮一點。

但是完成以後，朋友卻異口同聲說著：「果然范渝祈不適合太可愛的模樣呢！」又一次的心如刀割，她想起了自己到幼兒園或是小學接弟妹時，他們的同學都會開玩笑地叫自己「哥哥」。

「那其實並沒什麼，對吧？可是我當時就像是心中的最後一根弦斷了一樣，想逃離那個地方。我幾乎是死命地撐起微笑，等到園遊會結束，我連假髮都沒拿掉，就逃到了離聖采很遠的電動玩具店。」

我心疼地看著范渝祈。她想擦掉自己的眼淚，雙手卻被我握著。我鬆開了手，擦去她的淚水。

「在電動玩具店裡，我彷彿從小到大以來第一次玩得那麼開心，不用在乎時間到了要去接弟妹、不用擔心自己的行為舉止是不是個好姊姊、不用想著要快點回家準備晚飯、不用在乎同學們的眼光……我終於在那個瞬間，在師長們口中的『問題地點』找到了自己！」她的手覆在我正為她擦去淚水的手上，將我的掌心貼住她的臉。「然後，我遇到了你。」

那一天的我，不知道自己會成為范渝祈的浮木。對我來說，只不過是微不足道的陪伴與對話，卻拯救了她。

有時候，言語的分量就是如此。不是說的人能夠決定，而是聽的人決定。

「松樹高中的禹旭。」她低語。「我時常……想到你，即便我做著別的事情，總是會想著那天的午後。每個夜晚，我會想像和你穿著一樣的制服，在學校談天說地。然後，當我真正來到了這裡，卻沒辦法老實告訴你我是誰。我好害怕，要是你不記得我了呢？所以，只要能夠每天在學校看見你就好了，只要當你的朋友就好了。時間久了，那種感謝的心情逐漸變成了另一種，可是即便到了松樹，我還是那個帥氣的范渝祈，不是那個長髮的聖采女孩。只是我還是夢想著……夢想著有一天，我能以那個模樣，與你重逢。」她雙眼定定看著我。「前幾天，當你站在我家門口，和我說再見的時候，城市的燈光與天上的月亮，將你的影子再次烙進我的心中。這一次，無論你會不會困擾，我都想告訴你，我喜歡你。」

面對如此真摯的告白，我唯一該做的事情，就是給她一個擁抱。

她的身體如此柔軟，還帶著香甜氣息。她明明是個高䠷女生，但在我懷中，就像個小女孩一般。

「這個意思是……」她在我的懷中，不知所措。

「不然妳以為得到的答覆是什麼？我會在中午的時候蹺課出來特地拒絕妳嗎？」

「可是、可是那天，你明明說……我們只是朋友。」她的聲音逐漸轉弱。

「不是啊，妳爸媽在場，我總不可能說些什麼奇怪的話吧！」我乾笑著，雙手放到她的肩上將她拉開，看著她說：「范渝祈，謝謝妳找到我，我終於知道妳的名字了。」

她掉下眼淚，用力地點著頭。

誰說，她不適合可愛的模樣呢？此刻，她是全世界最可愛的女孩。

◆ ◆ ◆

中午蹺課並在球場擁抱，這個行為實在太過顯眼，不只偷溜出來上廁所的學生看見，連午休被罰勞動的人也看見，甚至是出去吃飯回學校的老師都瞧見了。

所以我們兩個在一起的事情，很快地傳遍全校了。下午，我們兩人甚至還被叫去老師那邊念了一下。

「什麼啊！范渝祈，我一直以為妳喜歡女生耶！」姜哲沒好氣地說著，認為我們在隱瞞他的情況下展開曖昧。

「難怪我覺得怪怪的，我認識幾個T，跟范渝祈的感覺都不太一樣。」施禾有些馬後砲地說。

「我只是想說……不需要特別解釋。」范渝祈小聲說。

走在前方的姜哲和施禾都轉過頭來，不可思議，面面相覷。

「是我錯覺嗎？為什麼覺得范渝祈好像小女人了些？」

「是啊，我忽然有點彆扭，怎麼辦？」姜哲瞇眼打量范渝祈的臉。「妳是不是還化妝了？」

「啊？我沒有啊。」

「妳本來就這麼可愛嗎？」

施禾的話讓范渝祈瞬間紅了臉。

「哇靠！」兩個男生都被嚇了一跳，場面瞬間尷尬起來。

「好了好了，不要太鬧她。」我出手救援，擋在范渝祈前面。

「什麼啊！現在在擺男朋友的架子嗎？」姜哲一拳尻來。

「這樣以後還能一起打籃球嗎？」施禾雙手環胸。

「其實我不是很喜歡運動，當初也是因為禹旭會打球，我才……」范渝祈只說一半，已經換來兩個人的調侃。

「懂了懂了，愛情真是偉大，可以把自己裝成另一個人。」姜哲擺擺手。

「你們和她同班一年居然都沒發現，也真是神奇啊！」施禾又在馬後砲。

我和范渝祈相視一笑，自然地牽起手，再次換來他們兩個人的怪叫。

忽然間，我的視線掃過教室門口。

石乙彤站在那裡，手裡抱著一疊作業本正張望著，突然見著了我，她對我淺淺一笑，朝我走來。

眾人注意到了，紛紛讓出一條路，姜哲的臉上還有些尷尬，彷彿這是什麼修羅場面。但，我問心無愧。

「石乙彤。」我朝她點頭，而她也微笑，看了我和范渝祈一眼，將手上的作業本交給我。

「禹旭，張老師說這些本子要交給你。」

「喔，謝謝妳。」我說。

「恭喜你們在一起了，從高一我就看出來范渝祈很喜歡你。」

「妳看出來了？」驚訝的是范渝祈。「我以為我掩飾得很好。」

「每個人都以為自己很會掩飾吧。」石乙彤淡笑，再次向我頷首後，離開了我們教室的走廊。那筆直的身影朝她的教室方向而去，沒有猶豫，也沒有回頭。

見她那樣，我有些心疼，但這是無用、也不必要的心情。

范渝祈伸手抓住了我的衣角，力道有些加重，也目送著石乙彤，直到對方消失在走廊轉角。

「好了啦，相親相愛等下課吧，要上課囉！」施禾過來幫我拿了幾本作業簿。范渝祈鬆開了手，憨憨地笑了笑，揮手離開。

「欸，我原本還以為你會跟石乙彤耶，所以你們真的沒什麼喔？」姜哲確定范渝祈已經走遠了聽不到，才小聲地說。

「我也以為。」施禾也答腔。

「怎麼可能。」我搖頭笑笑，回到教室，將作業本放在講台桌上，要同學自己過來認領。

我拿出手機想傳個訊息給卓舒予，卻看見了何映真傳來的訊息。

祝福你們。

短短四個字，卻讓我心中有點沉重，就像剛才石乙彤帶來的感覺一樣。

我想多說點什麼，例如希望石乙彤可以忠於自己喜歡的樣子，做回自己卻又不需要偽裝。

也希望何映真可以繼續畫漫畫，找到平衡學業與興趣的方法。

可是我的手卻停在螢幕上許久，最後還是離開了。

當我無法回應她們的感情時，那些鼓勵或許就停留在那裡，對她們來說更好，這樣也才對得起范湳祈。

我也想著，自己有沒有在不知不覺間，做了她們會誤解的行為？

滑開了之前和卓舒予的訊息，不知道她把我的封鎖解開了沒？但我還是傳了一封訊息給她。

雖然沒必要報備，卻還是想跟她說一下。

我和范湳祈在一起了，謝謝妳。

訊息送了過去，視窗上寫著「已送達」，於是我關掉螢幕，靜靜看著窗外。

放學時，我和范湳祈一起步行到幼兒園接雙胞胎下課，順道問了她和卓舒予認識的過程。

「國二的時候，我跑到漫畫社裡偷翻漫畫，看見何映真的漫畫，深深被吸引了。而後，我三不五時會偷偷跑去那裡看漫畫，可是從來沒遇過何映真。一直到了國三，才認識新加入的一年級社員卓舒予。我們有一搭沒一搭地閒聊起來，她拿了自己的漫畫給我看，我印象最深的就是男女主角分離後，女生寫了一封信給男生。」范渝祈笑著。「所以我寫了一封信給你。」

我停下來，她疑惑地問：「怎麼了？」

「沒事。」我握緊她的手，繼續向前走。「然後呢？」

「後來，聖采成發我也回去過幾次，還跟漫畫社買了不少東西。」她尷尬地笑著。

「你確定真的要和我在一起嗎？選我真的不要緊嗎？」

「怎麼會這麼問？」

「因為我或許比你想像中的更麻煩。我討厭運動，不喜歡打球，然後喜歡許多可愛的東西，時常幻想自己是城堡裡的公主。而且我其實很膽小，從高一到現在，我每次經過仙人池都會嚇得半死。」

「原來妳會怕仙人池的傳說呀？我記得妳明明說很荒唐。」

「雖然漏洞百出，但我就是會怕。」她呶呶嘴。「然後我一週有四天都要打工。」

「怎麼忽然轉到這個？」

「所以，我們見面的時間可能會很少。」她的神情看起來有些彆扭。「希望你不會不高興。」

「怎麼會呢，我可以去妳打工的地方看妳，或是接妳下班，或是在妳忙碌的時候幫忙照顧妳的弟妹。」

「你不用為我做到這樣啦！」雖是這麼說，但她看起來十分感動。

「我希望能幫上妳的忙，我心甘情願。」

「如果我太依賴你，你可能有一天會受不了而逃開。」

「無論我去哪裡或妳去哪裡，我們都能找到彼此。」

她忽然伸手捂住自己的臉，眼眶似乎泛起了淚光。「你這樣子，我怕自己會想對你撒嬌……」

「妳是姊姊，也是長女，是爸媽和兄弟姊妹的依靠，同時也是我的女朋友。」我說著，這句話很噁心，卻是很重要的事實。「所以，就讓我當妳的依靠吧！」

「謝謝你，能再次與你重逢，真是太好了。」她將頭往我的肩膀上靠了一下。「告訴你一個好消息，我們家抽到了籤，就快可以搬到社會住宅了。」

「哇，那很棒，這樣子你們就可以不用擠在那裡了。」

「嗯，只是再也看不到那片風景，我想，我一定會很想念的。」她低語著，面對改變，總是惆悵。

「前方的風景，我們就一起看吧！」我說著。她綻開笑容。

「我想試試看留長髮，你覺得呢？」

「好啊，我很期待，然後我們再一起去電動玩具店？」

「沒問題！」

我們一路笑著，走在這條過去與未來，都會一起走著的路上。

18 最快樂的模樣

〈快樂是自找的〉
演唱：趙之璧／作詞：Yasushi Akimoto／
作曲：Kohmi Hirose

只有她一直在我的腦海之中，無論是她哭泣的模樣、說著老師要我過去的模樣、隱瞞自己真實性格的模樣。

石乙彤，我希望那封信是她寫的。應該說，不是她寫的也沒關係，這幾天一直讓我懸在心上的就是她。

中午，我幾乎吃不下飯，急迫地希望午休時間快點到來。當鐘聲響起，姜哲和施禾還一直低聲討論著下午打球的事情，讓我心急如焚，直要他們快點睡覺。

最後總算聽見他們的鼾聲，我偷偷抬起頭觀望一下，確定班上的同學都睡著了，才緩緩起身，放輕腳步走出教室。

一來到走廊，我立刻加快步伐，最後幾乎是用跑的。

其間我一邊看著手錶上的時間，一邊計算著抵達音樂教室還要多久。因為被姜哲那兩個笨蛋耽擱，我只剩下十五分鐘，加上音樂教室位置比較遠，我伸手往口袋裡摸，想傳訊息給石乙彤要她等我一下，卻發現自己居然忘了帶手機！

這下子只能加快腳步，三步併作兩步地朝音樂教室跑去。

專任教室位於相同樓層，中午時段的這邊幾乎沒有人。偶爾聽過有人會把這裡當成約會場所，當時我還嗤之以鼻，沒想到——

原以為石乙彤會在音樂教室裡頭，但是當我衝出樓梯間，卻見到她大刺刺地站在走廊的圍牆邊望著下方，一點都不擔心被教官發現。

「石乙彤。」我輕聲喊她。她轉過頭看向我，正巧一陣微風吹來，吹動了她的頭髮，她嘴裡也吃了幾根。

她伸手撥開，卻還是撥不掉嘴裡的。我走上前，試探性地伸手，確定她沒有拒絕的意思，指尖才滑過她的嘴邊。

「吃到頭髮了。」我低語。

「謝謝你。」她微笑，害羞地低下頭。「那天，何映真找你做什麼呢？」

沒想到她會問這樣的問題，我照實說：「漫畫店要關了，所以她要我過去。」

「漫畫店呀……她從國中就很喜歡漫畫呢。」

「妳國中的時候就知道她了嗎？」

「當然，因為她很會畫畫，成績也好，我記憶猶新。加上她最後明明可以選指考上更好的高中，卻推甄來到了松樹，引起大家很大的討論呢。」石乙彤說得輕柔。

「講得松樹好像很爛一樣，妳不也是成績優秀一樣來到這裡了嗎？」我笑著問，石乙彤卻安靜地看著我。

「不一樣，因為我是來找你的。」波光似水，柔情無比。

這句話讓我不好意思地笑了笑，伸手抓抓後腦，才抬頭看著她。「因為那個午後的一面之緣，足以讓妳來這裡找我？」

「僅僅那一面之緣，就已足夠。」石乙彤伸出手拉起我。

一瞬間，彷彿有股電流從她手中往我身上竄來。

她領著我往音樂教室裡頭走，輕聲說：「待在這裡，等等被老師看到就不好了。」

然後她開始說起自己的過去。

她的家庭教育和我家一樣，是放任主義，父母年輕時非常叛逆，是懷孕結婚後才逐漸穩定下來，所以當石乙彤迷上過於誇張的打扮時，她的父母也沒有說些什麼。

她迷上了歐美電影中的女性形象，所以綁上雙馬尾並染了粉紅髮色。她喜歡緊身衣服，塗上濃豔的紅唇，單純是因為她覺得好看。

然而這樣的裝扮卻引來了許多不必要的麻煩。首先，會得到「她交友關係一定很亂」的既定觀感，接下來是「穿這樣不就是想要給人看」的質問，最後是「她一定很難相處」的刻板印象。

要改變這些其實很容易，只要她染回黑髮，把裙子穿到該有的長度就好。可或許是國一時的反骨，她不想要因他人而妥協，就算因此造成沒有同學敢跟她來往，她也想穿自己想穿的衣服。

就在那時候，一些愛玩的學姊們也注意到她。

一開始，那群穿著舌環，時常被廣播叫去學務處的學姊出現在教室門口時，她還以為自己會被打。

但是當她回頭想找班上同學求救時，她從她們的眼中看到了一種畏懼與鄙視，就像在說她們是同類一樣。

也就在這個瞬間，石乙彤發現自己那麼討厭被貼標籤，但自己也直接因為這群學姊的外型而把她們貼上標籤。

於是，她要自己別怕，用面無表情掩蓋那份恐懼，然後走到學姊身邊。

「學姊好。」

學姊上下打量她，其中一人伸手摸上她的頭髮。「妳在哪裡染的？顏色很好看。」

「在附近而已，學姊喜歡的話，可以帶妳去。」

她們聽了，大笑起來。

「好，放學後我來找妳。」學姊的話引來班上同學更恐懼的驚呼，但是當她回過頭時，注意到同學們除了害怕外，更多了另一種情緒，叫做「尊敬」。

她很快地查了那幾個學姊，其中一些人成績不好又時常被記警告，卻也能代表學校出去比賽。另一部分則是成績優異，但時常遲到或攜帶違禁品等等。

都是一些不算是壞，卻也稱不上是好學生的人。唯一相同的便是那群學姊的穿著打扮都非常吸睛，即便沒有染髮的，裙子也都改短過。

而後那群學姊成為了石乙彤第一次在聖采遇上「物以類聚」的朋友，認真深交以後，她發現她們只是一群比較愛玩、不聽話的普通女生而已。

從她們身上，她學到了，如果要做自己，那在某部分勢必得高人一等，才不會被過度關切。

於是石乙彤認真念書，讓自己別成為老師的眼中釘，也別給父母添麻煩，但因為外型前衛，還是讓她在班上幾乎是孤獨一匹狼。

而後那群學姊陸續考上高中，便越來越少來學校。沒了她們的石乙彤又是形單影隻，為了不要一個人在教室發呆，她便開始趁著下課的時候找尋能夠獨處的地方。

那樣的她找到的地方便是漫畫社。

無論什麼時候過去，漫畫社總是沒有人，但那裡放著許多漫畫。石乙彤說，漫畫社是她們聖采的寶，裡頭有許多歷代社員留下的手繪作品。

於是在那邊，她總算不用在意旁人的眼光，靜靜地看漫畫。

偶爾也有些學生會在下課時來漫畫社，但看到她在裡面，就會立刻離開。

對此，她多少還是有些傷心。

不過，也因此在漫畫社，她找到了一絲絲的寧靜。

無奈的是她不太會畫畫，並不能加入漫畫社，不過多虧如此，她喜歡上了看漫畫。有幾次，她也與何映真打過照面。她知道何映真是師長眼中的好榜樣，但何映真看見她總是低下頭，快步離開。

後來，學姊們畢業了，在聖采中，石乙彤又回到了孤孤單單的一個人。以前明明覺得沒什麼，但正因為體會過和同伴在一起的快樂，此刻才顯得更孤寂。

「石乙彤！妳的打扮還是這麼驚人！」

與她打招呼的是別班學生，石乙彤並不認識她們，但是她們好像跟自己很熟一樣。一個人戴著藍色的隱形眼鏡，嘴唇上還有唇環，另一個人則做了彩繪指甲，臉上也有妝。

「我們是三班的，以前就一直很想找妳搭話，但是學姊她們一直和妳在一起，所以沒機會。」她們兩個人與石乙彤聊了起來。

那一瞬間，石乙彤彷彿再次找到和學姊相處的感受，不再是孤單一人的歸屬。

但是，當她放學時和這群人一起出遊時，發現她們會抽菸，還找了其他學校的男生們過來。那瞬間，她害怕了，原本想要逃離，可是她受夠了一個人的滋味。

「石乙彤，那個咖啡色頭髮的男生妳覺得怎樣？」

當其中一個笑聲高亢又特別吵鬧的女生，紅著臉小聲詢問她意見時，她好奇了。

「為什麼問我？」

「因為妳感覺戀愛經驗很豐富。」

女孩的誤解讓石乙彤發現了另一件事情，即便她們確實不是師長眼中的好學生，成績也不如學姊那般優異，但她們也只是跟自己一樣，是渴望被注意的孩子。

於是她學會了偽裝，隱藏自己少女的一面，假裝是戀愛大師，在她們抽菸時阻止、在她們被男生吃豆腐時喝止。

可是日子久了，同學和老師看她的眼神變了，甚至還出現了「石乙彤的好成績說不定是作弊得來的」的謠言。

而從不說話的父母，第一次要她慎選朋友。

「我只是希望妳快樂，包含妳的未來都是快樂的。」父母如此說。

無論什麼時候，她都是快樂的，但有時候，她也會覺得很累。

當她一個人在教室看書時，那份孤獨令她痛苦；當她在那群朋友面前假裝自己是戀愛大師或講話粗俗地迎合她們，也是另一種煩悶。

可是，佯裝成滿口粗話的女孩，又得到了一種難以言喻的解放，和她們大笑並聽著他校的八卦時，她又覺得新奇。

但只要和她們在一起，就得承受大部分的不友善眼神。她明明不想被人貼標籤，卻得到了更多標籤。

最後，還是只有看少女漫畫的時候，能稍微將自己抽離這個連她都不了解的世界。跑漫畫社的習慣到了國三也都沒有改變。不過以往總是空蕩蕩的漫畫社，如今會遇到一個國一的學妹，她叫做卓舒予，畫了一部可愛的漫畫，內容是一個女孩寫信給一個男孩。

她當時想著，這樣的緣分真是不可思議。

「然後我就遇到了你。」一石乙彤的手按下琴鍵，鋼琴發出了十分微弱的聲音。

或許是女校的關係，也或許是自己一直以來的打扮都像個玩咖，所以她並沒有真正認識「普通」的男孩。

於是，在那個麥當勞的午後，被騷擾的她遇到了我。對她來說，就像是少女漫畫的故事成真了一樣。

「我一直都很想見你，所以我決定報考松樹高中。」

「那妳怎麼會染回黑色頭髮呢？」若是一樣的粉色頭髮，我一定會記得的。

「因為在國三畢業前，發生了別的事情。」石乙彤說。

他們要舉辦屬於自己的畢業旅行，所以決定晚上去唱歌。

那次的聚會來了幾個高中生，有人偷帶了酒，而石乙彤在誤認的情況下喝了一口，有點微醺，其中一個男生趁機把手放到了她的腿上。

第一次，她委婉避開；第二次，她堅定地說不要；第三次，她大力起身推開對方並要離開。

「搞什麼！穿得跟蕩婦一樣，不就是要勾引男人？」而那男生惱羞成怒，頓時包廂的人全部看向正在門口的她。

石乙彤知道，穿著怎樣不代表自己就是那樣的人，只是想打扮成自己喜歡的模樣。

但她同時也明白社會的標籤。在那一瞬間，她氣憤又委屈，同時想到了，要是她來到松樹高中，遇到了我，而她還是一樣的穿著打扮，我會怎麼想？

「所以我染回了黑色頭髮，把裙子穿到膝蓋，安安靜靜的，待在教室後面，想著這樣子的我，你會不會喜歡，你會記得我嗎？」她邊說邊掉眼淚，我趕緊抽了衛生紙給她。怎麼會這麼愛哭呢？

「但這樣不也是一種偽裝嗎？」

擔心我的觀感，所以把自己裝扮成不是自己的模樣。

石乙彤用力搖頭。「這些日子以來，我對『偽裝』這樣的說法，有了新的體悟。這些都是我，無論是說著粗俗話語、為了想要交朋友而假裝自己戀愛豐富，又或是躲在漫畫社看漫畫、染著顯眼髮色與穿著性感的，那都是我，從來都是我自己願意去做，沒有人逼我。」

她的父母希望她快樂，而她確實是快樂的。

「一直以來，快樂都是我自己給自己的，枷鎖也是我自己給自己的。」忽然，石乙彤握住我的手。「我從沒想過會這麼幸運地和你同班，高一一整年，我都在找機會和你坦白，可是時間久了，我卻失去了勇氣。我想要你喜歡上石乙彤，而不是記憶中那個在麥當勞哭泣的女孩。」

「所以妳使了一點小手段對吧？」我反握緊她的手。「張老師的題目。」

她先是一愣，然後笑了起來，像個古靈精怪的小惡魔一樣。「對，我想要找回失去的勇氣。真的和你不同班後，我發現自己無法習慣每天在教室都見不到你，所以我才會用了那種很笨拙的方法。我造成你的困擾了嗎？」

「不會，我很高興。」

「這句話的意思，我能理解成『我也喜歡妳，石乙彤』嗎？」

對於她的直球，我想，那個說著「誇張的戀愛經驗」的石乙彤，一定也是她真實的個性之一，而我並不討厭。

「無論怎樣的妳，我都喜歡。」我拉起她的手，吻了她的手背，像個王子一樣地對她行禮。

「漫畫都沒有這麼誇張。」石乙彤輕輕笑著，帶著淚光。

那是我見過最美麗的笑容。

然後，她張開了手，我也伸手擁抱她。

◆ ◆ ◆

我和石乙彤交往的消息，比想像中還要快速地傳開。

最主要是因為，施禾和姜哲不知怎樣，醒來後沒見到我，居然難得地找起我來。然後兩人也不知道哪根筋不對，居然會想到要來專任教室找我。

他們說以為我蹺課，結果一來到音樂教室，就看見我和石乙彤抱在一起。

本來這樣子是還好，但錯在姜哲的大嗓門吼著：「禹旭為什麼和石乙彤抱在一起？在交往啦？」

人名和動作都描述得如此清楚，口齒還很清晰，所以這件事情就以一種「大聲公」的方式傳遍了校園。

那天放學，我和石乙彤牽著手回家的路上，見到了正在球場上奔馳的范渝祈。我想起自己爽約，卻沒和她說明。

下一秒，她轉過頭，與我對眼的瞬間，她很快地別開眼睛，對球場上的人吆喝著。

我感到萬分抱歉，但明白自己也不需要道歉，那顯得太過刻意與矯情。

「怎麼了嗎？」石乙彤順著我的視線看過去。

「沒什麼。」我微笑著和她走出校門。

冤家路窄，又遇到在公車站牌等車的何映真。

她沒有回過頭，我也沒特意和她打招呼，可是我能確定，她從站牌的玻璃倒影上看到了我們。

可是她沒回頭，我也握緊了石乙彤的手，穿過馬路。

「我可以問一個問題嗎？」石乙彤開口。「你會來找我，是因為那封信嗎？」

「有沒有那封信，我都還是會來找妳。」我的手摸上了她的頭髮。「我請妳去麥當勞喝可樂吧？」

「嗯！」她先是瞪大眼睛，然後用力點頭。

我還記得當時的約定，在不知情的情況下，我已經請過了她一次，然而這一次，是心意相通後的第一次。

「那我再問一個問題，真的無論我是怎麼樣的外型，就算不符合那種乖乖牌的形象，你也喜歡我？」她歪頭。我也懷念那模樣。

「妳想染回粉紅色的頭髮嗎？」我伸手摸摸她的髮尾。「我很期待姜哲的表情。」

我們兩個相視而笑，我想，或許我會找一天，和她一起去弄個離奇的髮型。

而我確實也有點期待，學校同學看見她改變時的震驚表情。

我想這一次，她一定能當個完整的自己，不必偽裝，也不必擔憂沒人喜歡，因為無論怎樣，我都會喜歡她。

「你笑什麼？」石乙彤歪頭看著我傻笑的臉。

「我只是在笑，謝謝妳寫信給我。」

19 最堅強的自己

〈我不會飛〉
演唱：張玉華／作詞：徐世珍／
作曲：蔡健雅

也許最初，我早就被吸引了。

在不知道她是誰的情況下，已經喜歡上了那個藏在漫畫之後的她。

在那看似充滿情緒的劇情之中，壓抑著她的痛苦，透過故事宣洩，卻又徒勞無功。

於是毫不考慮的，午休時間一到，我便假借要上廁所，急著離開教室。

美術教室的位置比較特別，在三年級的大樓，日月樓之中。

當我穿過仙女池的時候，注意到了何映真的背影。這麼巧，還沒抵達美術教室，就在半路相遇。

「何映真。」我輕聲喚了她的名字。她停頓了下，緩緩轉過頭，臉上充滿訝異。

「我沒有想到你真的會來。」她的話矛盾又好笑。不覺得我會來的話，為什麼要約我呢？

不過我近乎吐槽的話還沒說出口，倒先看見她手裡的東西，一張捲起來的白紙和鉛筆盒。

「妳現在要畫畫？」我壓抑自己的音量。

她似乎有些彆扭，露出一點微笑與害羞，可是很快又恢復面無表情。「我們先去美術教室好嗎？」

「當然好。」我無法言喻自己的興奮與期待。

美術教室就在日月樓一樓的角落，是兩間教室合而為一，幾乎是松樹高中最大的社團教室，裡頭有著石膏像和假花、飾物等等，牆上也掛著許多學生的畫作。

「這裡和漫畫社完全不一樣，以小說來比喻的話，這裡就是文學區。」何映真說著我聽不太懂的比喻。

她立起了一旁的畫架，將那張白紙攤開，別在畫板上。

「我想畫一張你。」她坐在椅子上，從鉛筆盒中拿出了ＨＢ鉛筆。

「可以嗎？」我驚呼。

但她再次低下頭，眼鏡後的雙眼閃爍。

「但是我一直以來只會畫漫畫人物，所以沒辦法跟專業的比。」說完，她有些自卑地看了周遭的畫作。

「不不不，只要妳畫我，我就很高興了！」我興奮地拉過一旁的椅子，坐到她的前面，而何映真拿下眼鏡，放到旁邊。

拿下眼鏡的她，不知為何，讓我覺得威風凜凜的。

「妳不戴眼鏡看得到？」

「我本來就沒有近視，戴眼鏡只是要告訴自己，別再畫畫……比較像是一種自我封印。」

她這麼一說，我才想起國中時遇見她也是沒有戴眼鏡。

她藏在畫板之後，我看不見她的表情，只能從她偶爾探出頭的模樣捕捉到她臉上的歡愉。

「我以前很胖，又胖又醜——」

「妳怎麼這樣說。」

「不要打斷我，也不要安慰我，我自己知道事實。」何映真強硬地截斷了我的安慰。「我想要你聽我說，只有這時候，我才能說出來。」

於是我安靜下來，感受著窗外的風吹過來，以及鉛筆在紙張上滑動的沙沙聲響。

「我以前很胖又醜，加上喜歡畫漫畫，很長一段時間都被稱為宅女。國小的時候，爸媽對於我畫漫畫是睜一隻眼閉一隻眼，但是升上國中以後，他們要求課業好還要更好，說念書是唯一有出路的途徑。我不清楚那是青春期還是壓力，升上國中後，我的體重增加，皮膚也每況愈下，因此更自卑，只能從畫畫之中找尋一點點容身之處。」

何映真還有一個妹妹，從妹妹身上，她明白了什麼叫做上帝的寵兒。有些人天生就是聰明、漂亮、風趣，能吸引大家的注意，也能得到大家的喜歡。

從小就活在被比較的環境之中，似乎是擁有優秀姊妹的人的共同記憶。

然而何映真無論多努力，永遠都比不上幾乎是天才的妹妹。

畫畫，是她最後的堡壘。

在她創作的故事中，她能控制每個角色的發展，她能創造出現實無法觸及的世界，她能讓所有不完美的角色在漫畫之中，都有個幸福快樂的結局。

來到聖采後，憑藉著優異的成績和高超的畫畫技巧，她能夠成為漫畫社的一員，也因此不被聖采的其他同學看扁或欺負。

但即便如此，她還是時常躲在角落，一個人靜靜做著自己的事情。

同時間，她也注意到了與自己有點相像的石乙彤。但與自己不同的是，石乙彤是個大美女，即便時常一個人待著，都不會讓他人把「孤單」兩字套在她身上的角色。

所以她見到石乙彤待在漫畫社看漫畫時，也明白自己的身分。石乙彤就像是漫畫裡頭的女主角一樣，即便孤獨一人，都會有人愛著她。

但自己是個配角，那種在女主角身後連台詞都沒有的背景路人。

只要她發現石乙彤在漫畫社裡看漫畫，她就不會進去。但有時候，還是會不小心和石乙彤打照面。好幾次她想著，或許喜歡漫畫的石乙彤也是個好人，可是一看石乙彤和那群不良少女在一起時，她便猶豫了，而後退縮。

「妳又在畫這些垃圾！」有一次，她回到家裡時，發現房間裡的畫作被爸媽丟在地上。「妳的成績都沒有進步，還有空畫這些垃圾?!」

「但是，我也沒有退步啊！」何映真靜靜地說。「我從國小開始就在補習，升上國中後更是每天都補習到十點，禮拜六甚至是一整天，禮拜天要去學才藝。我有時候都會想著，我是不是會忘記呼吸？我時常覺得喘，覺得胸口好痛……」

然而她的求救，聽在妹妹耳中卻是：「是不是妳太胖了？」

「太過分了吧！」我忍不住叫囂。

「我的妹妹是個好人，她不壞，從沒對我落井下石，只是她太優秀，優秀的人是不會理解其他人要多努力，才有辦法稍微接近她們一點。」何映真繼續說著。

然而即便如此，她都忍耐了下來。只要維持名列前茅的成績，只要還有時間可以畫些插圖，就很滿足了。

但在國三時，她偷偷參加全國漫畫比賽得到優等獎時，她開心地帶著殊榮回到家中，想告訴爸媽這個好消息。

「映真，瞧！妳妹妹參加漫畫比賽，得到了全國第一名！真不愧是我女兒！」

她把手中的獎狀捏爛了，藏到了背後。

從來沒畫畫過的妹妹，甚至連漫畫也沒怎麼在看，只不過是幫忙學校的學姊隨意畫了漫畫就獲得大獎。

她怎麼會沒注意到，第一名就是自己的妹妹呢？她花了很多努力才能鞏固的堡壘，妹妹只需要輕輕抬手，就能達到她無法企及的高度。

「姊姊才厲害呢，我有看到姊姊的名字！」妹妹並不是挖苦，她希望爸媽的注意力能轉到姊姊身上。

但是在第一名的前面，優等獎是什麼？

「『如果妳真的想給我鼓勵，那妳就不該參加比賽。』我當時甚至會這樣想，可是……這樣想的我，是不是也貶低了自己呢？」她似乎吸了吸鼻子，畫筆的聲音停止了，但很快地再次響起。「然後，那一天很慘呢，我看到模擬考的成績很差……我每天要花將近十五個小時的時間讀書，才有辦法維持前幾名，但只要稍微休息一下，就會馬上失去『水準』……或許，那才是我的『水準』。」

於是，比平常低了兩個名次，她得到父母嚴厲的言語攻擊。

她關在房間裡頭，畫出了那部外星人壓榨人類的故事。

她只花了一個晚上就完成，身體虛脫無比，心靈卻第一次感覺充實。

她將漫畫帶去了漫畫社，得到了學妹卓舒予的大力讚揚，在卓舒予的建議之下，她將這套漫畫影印成冊，想要在成發時販賣。

「然而那些成冊的漫畫寄到家中，被我的父母看到，他們撕毀了、燒掉了，連同我的夢想都毀掉了。」

何映真的語氣雖然平淡，我彷彿聽得見音調裡的顫抖。我擔心她要哭，立刻起身要走到她身邊，她卻喊著：「模特兒不能亂動！」

「妳爸媽太過分了吧！」於是我只能坐在原位，握緊拳頭，為她抱不平。

「他們說，漫畫這條路會餓死，要我好好努力，以後當個公務員。他們說，不要有過多的夢想，就不會失望。他們說，有時候有些事情，我們就是沒有天賦。他們說，我應該要從妹妹身上學到什麼叫做現實。他們說……我應該掂掂自己的斤兩。」這一次，何映真吸鼻子的聲音更明顯了。

她在哭泣，卻不准我靠近。

那是何映真最痛苦的時光，她將唯一剩下的原稿拿到漫畫店，當作拋棄了自己的夢想，此後再也沒回去。

「然後，我遇到了你。」何映真忽然起身。臉上的淚水已經擦乾，眼睛卻紅腫著。

她伸手將畫轉向我。

她筆下的我，並不是此刻的我，而是國中時期，坐在公園的那個我。

「松樹高中不是我父母的第一首選，但是我的成績只能到松樹高中。那一天，你說你會來這所高中，我不知道為什麼，就是想再見你一次。也許是那一句……你要我把自己的作品拿給你看，可是……我一直都沒有提筆，一直到了今天、一直到了此刻。」

這一次，我終於站起來，來到她的身邊，手裡接過那張畫。我有些感動，一股氣流從胸口往喉嚨衝上來，讓我差點就要掉淚。

「禹旭，我喜歡你。」

她的告白如此令人心碎。

「我也喜歡妳。」我用力抱緊她。

然而她似乎無法理解。「為什麼？」

「妳跟我告白，難道是做好會被拒絕的打算嗎？」我又笑了，同時也心疼，這女孩習慣了被拒絕。「卓舒予說，她國一時畫的那本漫畫，就是要為妳打氣，對吧？」

何映真用力點頭。「遇見你之後，我希望來到松樹高中後，真的能夠遇見你，所以我告訴卓舒予與你相遇的那場奇蹟。她說她要畫成漫畫，幫我祈禱，來到這裡真的可以遇見你。」

說著，她忽然垂下眼睛。「我有件事情要告訴你，我希望你能在知情的前提下，才接受我的告白。」

「妳說。」無論怎樣的事情，我都不會動搖。

「當我告訴卓舒予這段經歷，然後說出了你的名字和學校之後，卓舒予告訴我，范渝祈和石乙彤也和她說過類似的事情，她們在國三那段時間，先後遇見了你。」

何映真說著這些話的時候，雙手緊握，雙肩顫抖。

她習慣了被人擺在後頭，習慣了自己永遠不會是首選。

「我的成績永遠追不上石乙彤，即便她在聖采的風評不太好，成績卻是有目共睹。所以當她選擇松樹的時候，全校都很訝異，但從卓舒予那段話，我明白了，她是為了你來到這裡。」

「這些我都知道，無論是范渝祈或是石乙彤，我都知道自己和她們在國中時期曾經相遇。但那又怎麼樣呢？即便如此，我喜歡的是妳。」我抓緊她顫抖的手。「我以前想看妳的作品，而如今我是妳永遠忠實的讀者。」

「真的？你真的選我？真的有我就夠了？」她捂住嘴，哭得不能自已。

「永遠都只有妳。」

我將她攬進懷中。

她是一隻還不會飛行的雛鳥，即便有想翱翔的天空，卻依舊被困在鳥巢之中。

「從今以後，我都會陪著妳，拜託妳再畫畫吧。」

她哭得泣不成聲，點著頭，答應了我。

等她稍微冷靜一點，我告訴她我到過聖采，從卓舒予那邊聽說了事情，所以她說的這些話，我早就知道。

「但我很好奇，之前我從人家那邊聽來……她說妳其實很有名，尤其是畢業前……後來就沒消息了，妳在畢業前發生了什麼事情嗎？」

「大概就是在漫畫社那裡畫了你看見的外星人版畫吧？」她歪頭。「還有就是，那段時間我很努力減肥，所以瘦了不少。」

「為什麼要減肥？如果不減的話，我就不會花這麼多的時間才認出妳了。」

「如果我不減的話，你會喜歡上我嗎？」

她抬頭看著我，單眼皮看起來非常十分有靈氣。

「妳把我看得太扁了吧！」我故作生氣，但又咳了一聲。「或許沒那麼快吸引到我，但是當我知道妳就是那部外星人漫畫的作者，再花一點時間相處過後，我還是會喜歡上妳的。」

「騙人。」雖然嘴裡這麼說，她卻紅了臉，看起來很高興。

「妳永遠是我的第一選擇。要是在漫畫店裡頭，就是看見這個作者的作品，我連內容是什麼都不會看，就會優先租走了。」

「只是租，不是買喔？」

居然也會跟我說起這樣的玩笑，她能在我面前放開心胸，我很高興，有種看到雛鳥終於學會飛行的激動。「會，我會全部買回去收藏起來。」

快下課前，我們離開了美術教室，牽著手走回晨曦樓。

經過仙女池的時候，我停了下來，從口袋拿出一塊錢丟入池塘中。「希望何映真能永遠快樂，飛到任何想去的天空，當自由自在的鳥。」

「這又不是許願池。」她推了我一下。

「把恐怖的鬼故事改成許願池，也很不錯呀。」我看向她，發現哪裡怪怪的。「妳的眼鏡呢？」

「我把它留在美術教室了，我不需要了。」

說完，她往前方跑去，我趕緊追上。

「等一下，我發現那張畫也忘記拿了。」午休時間還沒結束，我壓低聲音，以防吵醒其他同學或引來老師的注意。

但何映真一路跑到仙人池邊，也拿出一枚銅板往池裡一丟，接著雙手合十，閉上眼睛。「希望我能考上藝術大學。」

聽到這句話的我停下腳步，瞪大眼睛。「妳決定了？」

她轉過頭，看著我，露出這些日子以來，最燦爛的微笑。

「即便我不是天才，無法一下子就飛得很高，但是我會慢慢走，慢慢努力著。因為這一次，有你陪著我了。」

或許未來依舊不容易，也許我們都還是飛得不夠好的雛鳥，但我們總歸開始展翅，往其他更大、更美好的天空飛去。

在藍天下，我們都是自由的。

至於那幅畫，就這樣留在了美術教室，被人掛上牆，成為了校園的另一個傳說。

後記

希望我們都能喜歡自己

看到故事最後，你們有驚喜嗎？

我其實挺好奇大家在選擇的瞬間，第一個想要選擇的對象是誰呢？

這故事的靈感源自於學生時期玩過的一款日本乙女遊戲《青澀寶貝》，大家玩過這個遊戲嗎？

故事設定男主角轉學十三次，分別在日本的各個地方都待過一段時間，每個地方都會認識一個特別的女主角，分別是十二星座。

某天，他收到了一封匿名來信，於是想起了十二位女主角，進而踏上與女主角們重逢的路程。結局最有趣的是，無論你最後攻略了哪個女主角，她都是寫信的那個人。（或是另一種，你已經不在乎寫信的是誰，只喜歡某個女主角。）

《許我留在你心上》的禹旭最初也是收到了一封信，然後出現三位女主角，無論你選擇哪個，「看」起來都像是真正寄信的那個人。

不過，我當然還是有設定真正寫信的女主角，把一些細節藏在對話之中。大家可以猜猜看，誰才是真正寫信的那個人呢？

而在故事最後的代表歌曲，你們覺得合適嗎？不好意思又是老歌，但是當我寫著三個女主角的故事時，我想到合適的就是這三首老歌。你們聽過這些歌曲嗎？如果沒聽過的話，很高興有這個機會可以和你們分享。

在資訊發達的現在，已經越來越少人會手寫信件了吧？

我還記得國小的時候，班上同學之間還會流行寫聖誕卡片，有時是帶到學校，有時是寄到家。那時候，我也會寄給親戚們祝賀。

如今，任何節日都變成了一則「生日快樂」、「聖誕快樂」、「新年快樂」並搭配符合時節的貼圖。時代的變遷有時快得我們措手不及，沒有說哪個時代好，因為只要是我們走過的時間與變化，都是好的。

只是好奇如果是現在，一模一樣的劇情發生在你們身上，大家一樣會用信件表示，還是說就直接開個小帳號私訊呢？

寫到這裡，才忽然發現自己在寫作時，怎麼沒有想到要用網路匿名呀！

看來我的年輕時代，對於寫作在某種程度上的影響非常大呀 XD

但是說到手寫信件的話，我也時常收到讀者們的信，非常地感謝大家，也謝謝各位參加我一年（？）舉辦一次的交換信活動。

無論世界怎麼變遷，希望手寫信這件事，大家都還能繼續維持下去。

另外書中還有一些驚奇的小彩蛋，不知道大家有沒有注意到，這次每章節都有小插圖，而三位女主角的模樣，是我畫的喔!!

學生時代非常喜歡畫漫畫，但後來便沒有繼續，所以畫技一直停留在高中時代。雖然對畫畫的熱情不減，卻也失去了過往手癢就想畫畫的熱忱。

有這機會結合我的故事配合我的畫作，在這裡向大家獻醜了，也謝謝編輯接受我的提議 XD

除了三個女主角外，也有一些小物件是我畫的喔，大家不妨也猜猜看吧！

最後回到故事之中，希望大家都能如同女主角一樣，在壓力中學會釋放、做回最真實的自己、勇敢追求想走的路，成為那個不辜負自己的自己。
希望我們都能夠喜歡自己，而那個自己，也能抬頭挺胸地被人喜愛著。

尾巴

國家圖書館出版品預行編目資料

【年少】許我留在你心上／尾巴 著
– 初版. -- 臺北市：三采文化，
2020.7
面： 公分.（愛寫 44）
ISBN：978-957-658-359-9（平裝）

1. 華文創作 2. 小說 3. 愛情小說

863.57 109005963

suncolor 三采文化集團

愛寫 44

【年少】許我留在你心上

作者｜尾巴　封面插畫｜Clea
責任編輯｜戴傳欣　校對｜黃薇霓
美術主編｜藍秀婷　封面設計｜高郁雯　內頁設計｜高郁雯　內頁編排｜陳佩君
行銷經理｜張育珊　行銷企劃｜陳穎姿

發行人｜張輝明　總編輯｜曾雅青　發行所｜三采文化股份有限公司
地址｜台北市內湖區瑞光路 513 巷 33 號 8 樓
傳訊｜TEL:8797-1234　FAX:8797-1688　網址｜www.suncolor.com.tw
郵政劃撥｜帳號：14319060　戶名：三采文化股份有限公司
本版發行｜2020 年 7 月 10 日　定價｜NT$300

著作權所有，本圖文非經同意不得轉載。如發現書頁有裝訂錯誤或污損事情，請寄至本公司調換。 All rights reserved.
本書所刊載之商品文字或圖片僅為說明輔助之用，非做為商標之使用，原商品商標之智慧財產權為原權利人所有

suncolor

suncolor